El regreso del jeque

Caitlin Crews

HARLEQUIN™

Editado por HARLEQUIN IBÉRICA, S.A.
Núñez de Balboa, 56
28001 Madrid

EL REGRESO DEL JEQUE, N.º 2074 - 27.4.11
Título original: Majesty, Mistress... Missing Heir
Publicada originalmente por Mills & Boon®, Ltd., Londres.

I.S.B.N.: 978-84-671-9968-0
Depósito legal: B-7361-2011
Editor responsable: Luis Pugni
Preimpresión y fotomecánica: M.T. Color & Diseño, S.L.
C/ Colquide, 6 portal 2 - 3º H. 28230 Las Rozas (Madrid)
Impresión en Black print CPI (Barcelona)
Fecha impresion para Argentina: 24.10.11
Distribuidor exclusivo para España: LOGISTA
Distribuidor para México: CODIPLYRSA
Distribuidores para Argentina: interior, BERTRAN, S.A.C. Vélez Sársfield, 1950. Cap. Fed./ Buenos Aires y Gran Buenos Aires, VACCARO SÁNCHEZ y Cía, S.A.
Distribuidor para Chile: DISTRIBUIDORA ALFA, S.A.

Capítulo 1

LA PUERTA se abrió de repente y Jessa levantó la vista del escritorio. Era como un sueño; un sueño que había tenido muchas veces. Él entró, envuelto en el frío húmedo de las noches de Yorkshire. Sin pensar se puso en pie y abrió las manos como si así pudiera defenderse de él, como si pudiera impedirle que entrara en aquel diminuto despacho, en su vida… No podía dejarle entrar de nuevo. No podía permitírselo.

–Aquí estás –dijo él en un tono enérgico e intransigente, como si se conformara con clavarle su fría mirada, como si la estuviera buscando.

El corazón de Jessa latía descontrolado y la cabeza le daba vueltas. ¿Acaso era una alucinación? ¿Cinco años después? ¿Estaba soñando?

–Tariq –dijo ella, aturdida, como si así pudiera disolver aquella ensoñación.

Pero Tariq bin Khaled Al-Nur no parecía un sueño. No había nada incorpóreo en él; un hombre que nunca pasaba desapercibido; al que era muy difícil olvidar. Le había dicho que no era más que un miembro de una de las familias más ricas del país, un hijo consentido y multimillonario, pero Jessa ya sabía que era algo más que eso: Tariq se había convertido en el gobernante de su país. No soportaba saberlo. Era como si lo llevara escrito en la frente, delatándose a sí misma, revelándole que le había seguido la pista a través de los años cuando en realidad había querido olvidarle.

Pero no era capaz de apartar la vista de él.

Incluso después de tantos años, podía recordar todos sus rasgos con una claridad asombrosa, pero él era mucho más de lo que ella se había permitido recordar. Las líneas de su rostro se habían endurecido y se habían vuelto más enigmáticas e indescifrables. Se había hecho más hombre; el tiempo lo había convertido en un hombre hecho y derecho.

Los recuerdos eran nebulosos, pero el Tariq que estaba ante ella era poderoso, vibrante, deslumbrante…

Peligroso.

Jessa trató de concentrarse en el peligro. No importaba si su corazón saltaba cada vez que lo veía. Lo importante era el secreto que tenía que guardar. Con el tiempo había empezado a pensar que ese momento nunca llegaría, pero se había equivocado.

Él era todo músculo, fuerza y poder dentro de un cuerpo atlético y esbelto. Su piel, ligeramente bronceada, parecía atrapar los rayos del sol. El tiempo se había detenido y Jessa le observaba, intentando descifrar el duro rictus de su rostro. Sus rasgos se habían vuelto más pronunciados; las oscuras líneas de las cejas, el pelo grueso y negro azabache, el ángulo de su nariz masculina, los pómulos altos, su ademán aristocrático y arrogante… Sangre real.

¿Cómo había sido capaz de pasar por alto todas aquellas pistas cinco años antes? ¿Cómo le había creído cuando le había dicho que no era más que un insignificante miembro de la élite del país?

Aquellos ojos verdes y profundos, misteriosos y

casi negros al atardecer, conectaban con una parte de ella que creía haber enterrado muchos años antes; la parte que había creído todas las mentiras que él le había dicho, la parte que la había convertido en un juguete en las manos de un maestro de la manipulación, la parte que lo había amado incondicional y temerariamente y que, a pesar de todo, seguiría queriéndolo.

Él cerró la puerta tras de sí con un gesto pausado, pero el leve clic del picaporte sonó como un disparo en los oídos de Jessa. No podía permitirse ni un momento de debilidad, no cuando había tanto en juego. Sin duda él quería saber la verdad. No había ninguna otra explicación. ¿Por qué si no se había presentado así en aquel humilde despacho situado en un viejo callejón de York?

Estaba allí para saber la verdad.

Cuando la puerta se cerró, el ruido de la hora punta vespertina en el centro de York desapareció, dejándolos a merced de un silencio insoportable. El despacho era demasiado pequeño y parecía encoger por momentos. A Jessa se le salía el corazón del pecho, y unas garras de hielo parecían clavarse en sus costados. Tariq era una sombra enorme y amenazante que se cernía sobre ella.

Él no se movió ni tampoco dijo nada, sino que continuó mirándola fijamente, retándola a apartar la vista. Aquel hombre arrogante y de aspecto fiero no tenía nada que ver con el joven mujeriego y desenfadado que Jessa recordaba. Su sonrisa espontánea y su encanto sutil se habían ido para siempre. El hombre que tenía ante sus ojos, temible e implacable, era el rey que acechaba dentro del muchacho que ella había conocido en otro tiempo; aquél que había visto fugazmente en alguna ocasión.

Un gélido escalofrío recorrió la espalda de la joven. Él estaba allí para saber la verdad.

Los oídos le pitaban y retumbaban con cada latido de su corazón. El pasado y los secretos la habían acorralado, arrastrándola hacia el oscuro remolino del que tanto le había costado escapar. Pero no sólo tenía que protegerse a sí misma. Tenía que pensar en Jeremy, en lo mejor para él. ¿No era eso lo que siempre había hecho, sin importar las consecuencias?

Miró a Tariq de arriba abajo y trató de pensar que sólo era un hombre, por muy fiero y temible que fuera. Además, por muy rey que fuera en ese momento, cinco años antes había desaparecido sin dejar rastro, sin decir ni una palabra, sin mirar atrás... Tariq era un hombre traicionero y cruel, tan cruel como el exótico desierto en el que vivía. Los exquisitos trajes a medida de seda y cachemira no escondían la realidad. Tariq bin Khaled Al-Nur era un guerrero, salvaje e indomable; un relámpago cegador en una noche cerrada. Era un depredador. Y ella siempre lo había sabido, a pesar de sus encantadoras sonrisas y su actitud desenfadada.

De repente Jessa se quedó sin aire. Tenía los pulmones agarrotados, como si no hubiera oxígeno suficiente en la habitación. Había pensado que nunca volvería a verlo, y no sabía qué hacer ahora que lo tenía delante.

–No –dijo, sorprendida de oír su propia voz cuando el mundo temblaba a su alrededor–. No puedes estar aquí –añadió, en un tono más firme.

Él levantó las cejas con un gesto altivo y prepotente. Su cabello, más largo de lo normal, brillaba con la lluvia de otoño. Sus ojos seguían clavados en ella, atravesándola de lado a lado. Cuánto había amado aquellos ojos en otro tiempo; unos ojos que parecían tristes y tímidos, nada que ver con la enigmática fiereza que los embargaba en ese momento.

–Pero aquí estoy –le dijo él en un tono sosegado, con un acento casi imperceptible que evocaba tierras lejanas.

Otro desafío, que golpeó a Jessa como un puño en el estómago.

–Sin ser invitado –le dijo, intentando sonar sarcástica, fingiendo una fuerza que no tenía.

–¿Acaso necesito invitación para entrar en el despacho de un agente inmobiliario? Te pido disculpas si he olvidado las costumbres inglesas, pero pensaba que los clientes podían entrar libremente en esta clase de establecimientos.

–¿Tienes cita? –preguntó Jessa, apretando la mandíbula para contener los temblores.

–Digamos que sí –le dijo él, como si quisiera darle algo a entender.

La miró de arriba abajo, como si la comparara con los recuerdos que tenía de ella.

Jessa se sonrojó de pies a cabeza, presa de una mezcla de furia y miedo. De repente tuvo la sensación de que no estaba a la altura, y entonces se enfadó aún más, con él, consigo misma. ¿Cómo podía preocuparse por esas cosas en un momento como ése? Nada cambiaría la cruda realidad: ella era una chica corriente de Yorkshire y él era un rey.

–Me alegro de verte de nuevo, Jessa –dijo Tariq en un tono engañosamente cortés.

Ella deseó que no hubiera dicho su nombre; oírlo

en sus labios era como una caricia en la base de la nuca.

–Me temo que no puedo decir lo mismo –respondió ella en un tono frío. Tenía que asegurarse de que no volviera a aparecer por allí. El pasado era demasiado complicado como para sacarlo a la luz en el presente–. Eres la última persona a la que querría ver. Si te vas por donde has venido, podremos fingir que esto no ha pasado.

Los ojos de Tariq emitieron un destello fugaz, del color del jade. Se metió las manos en los bolsillos con indiferencia y desenfado.

–Ya veo que los años te han afilado la lengua –la miró un instante–. Me pregunto qué más ha cambiado.

Algo muy importante había cambiado, pero ella no podía compartirlo con él. ¿Acaso lo sabía ya y le estaba tendiendo una trampa?

–Yo he cambiado –dijo por fin, fulminándolo con la mirada, pensando que una ofensa era mucho mejor que cualquier defensa contra el extraño que tenía ante sus ojos–. He crecido –levantó la barbilla con un gesto desafiante y apretó los puños–. Ya no voy por ahí suplicando la atención de un hombre. Ya no.

Él no se movió ni un centímetro, pero Jessa vio cómo se tensaba su cuerpo, como si se preparara para la batalla. Ella hizo lo propio, pero él se limitó a observarla. Una mueca demasiado cruel como para ser una sonrisa le tiraba de la comisura de los labios.

–No recuerdo haberte visto suplicar –le dijo él–. A no ser en la cama –añadió y guardó silencio, dándole tiempo para recordar.

Jessa no contestó, pero siguió sosteniéndole la mirada.

–Pero si quieres revivir aquellos momentos, puedes hacerlo.

–Creo que no –mascull ó ella entre dientes–. Ya se han acabado mis escarceos con playboys patéticos y consentidos.

La atmósfera se enrareció de repente. Él arrugó la expresión de los ojos y Jessa deseó no haber dicho lo que acababa de decir. Él no era un hombre corriente, ni siquiera era el hombre que había conocido cinco años antes. Era demasiado salvaje, incontrolable... Sólo un loco cometería el error de subestimarle.

La vieja debilidad que sentía en su presencia estaba más viva que nunca, esa debilidad que nunca la había abandonado aunque él sí lo hubiera hecho. Podía sentirla por todo el cuerpo, como si nada hubiera cambiado, aunque todo lo hubiera hecho, como si todavía le perteneciera. Los pezones se le habían endurecido bajo el fino tejido de la blusa y tenía la piel ardiendo.

Jessa se mordió el labio y trató de contener todo el calor que amenazaba con desbordarse a través de sus ojos. No podía revelarle todas las cosas que tanto se había esforzado por ocultar. No podía dejar que ocurriera, fuera lo que fuera. No quería saber nada de él. Estaba dispuesta a hacer lo que fuera por guardar el secreto y no se iba a dejar llevar por una simple reacción química.

Pero no era capaz de apartar la vista.

Tariq miró a la mujer que lo había atormentado durante años, la mujer cuyo recuerdo lo había perseguido sin tregua, la mujer que en ese momento osaba desafiarle sin saber el peligro que corría. Siempre se había considerado un rey moderno, pero en ese momento sólo podía imaginarse arrojándola sobre uno de sus caballos y llevándosela a su mansión del desierto.

De hecho, hubiera disfrutado mucho haciéndolo.

Había hecho lo correcto yendo a aquel lugar. Había hecho bien enfrentándose a ella por fin, aunque ella lo despreciara y lo insultara, igual que había hecho tanto tiempo atrás.

Tariq esbozó una sonrisa feroz. Sabía que debía estar furioso con una mujer que se atrevía a rechazarle como si fuera un pobre don nadie. Sabía que debía sentir vergüenza de sí mismo. El jeque Tariq bin Khaled Al-Nur, rey de Nur, se había arrastrado ante la única mujer que había osado abandonarle, la única mujer a la que había añorado, la mujer que en ese momento lo miraba con desprecio, vestida con un traje horrible que ahogaba su exuberancia… Tenía que estar furioso, colérico.

Pero, a pesar de todo, la deseaba.

Era así de sencillo. Por fin había dejado de luchar contra sí mismo.

Tenía que volver a sentir aquel cuerpo exquisito y sinuoso bajo sus manos, aunque sólo fuera por una vez. Aquellos ojos color canela, los labios turgentes… Podía sentir el sabor de su piel en la boca, aún sentía el calor de su deseo. O quizá lo recordaba. Pero, fuera como fuera, tenía que volver a estar dentro de ella una vez más.

–Soy un playboy patético y consentido, ¿no? –le preguntó en un tono mordaz.

Ella le recordaba aquella otra vida desperdiciada, pero aun así la deseaba y estaba decidido a tenerla.

–Una acusación intrigante.

–No tengo ni idea de lo que quieres decir –dijo ella, ruborizándose–. No es una acusación. Es la verdad. Tú eres así.

Tariq la observó durante unos instantes interminables. Ella no sabía lo mucho que él se avergonzaba de aquella vida libertina que una vez había llevado, lo mucho que la asociaba con todo lo que había querido dejar atrás. Había luchado durante muchos años para deshacer el hechizo. Se había dicho a sí mismo una y otra vez que sólo la recordaba porque lo había abandonado, que la habría dejado él mismo si le hubiera dado la oportunidad, igual que había dejado a todas las demás.

Y, sin embargo, allí estaba.

–Si yo soy un playboy, entonces tú debes de ser uno de mis juguetes, ¿no? –le preguntó, dispuesto a disfrutar con su reacción.

Ella, como era de esperar, no le defraudó. Sus ojos relampaguearon.

–No me sorprende en absoluto que me tomes por uno de tus juguetes –le dijo, esbozando una sonrisa irónica–. Pero yo nunca fui tuya.

–Eso ya me lo dejaste muy claro hace cinco años –le espetó él, como si de un arma arrojadiza se tratara.

Ella te puso tensa.

–Pero dos viejos amigos no se saludan de esta forma después de tanto tiempo –añadió él y cruzó la estancia hasta detenerse frente al escritorio.

–¿Amigos? –repitió ella, sacudiendo la cabeza suavemente–. ¿Es eso lo que somos?

Sólo la mesa del escritorio se interponía entre ellos. Jessa tragó en seco. Tariq sonrió.

Era tal y como la recordaba. Estaba igual que siempre; rizos cobrizos, ojos de miel, pequeñas pecas en la nariz, y una boca hecha para el pecado.

Nada había cambiado en el fondo. Ella respondía tal y como lo había hecho en otro tiempo.

–¿Y qué sugieres? –preguntó ella, arqueando las cejas–. ¿Vamos a tomarnos un café? ¿Hablamos de los viejos tiempos? Creo que no me apetece.

–Me dejas desolado –dijo él en un tono incisivo–. Mis otras examantes suelen ser bastante más receptivas.

La expresión de Jessa se volvió seria y sombría, sus ojos se oscurecieron.

–¿Por qué has venido, Tariq? –le preguntó ella en un tono directo y hostil que lo irritaba y excitaba al mismo tiempo–. ¿Vas a alquilar un piso en la zona de York? Si es así, tendrás que volver cuando estén los agentes. Me temo todos han salido con clientes. Yo sólo soy la gerente.

–¿Por qué crees que estoy aquí, Jessa?

La miró fijamente, dejando la pregunta en el aire. Quería ver su reacción.

Ella se llevó la mano a la garganta, como si quisiera calmar el ritmo desbocado de su corazón.

–No tengo la más mínima idea. No puedo imaginar ni una razón por la que quisiera venir aquí –le dijo en un tono no tan firme, tanto así que tuvo que toser para disimular el temblor–. Creo que debes irte. Ahora –añadió, irguiéndose de hombros como si se creyera rival para él.

Tariq se inclinó hacia delante y se preparó para la guerra. Ella tendría que pagar por lo que acababa de decir. Él era el rey y ella debía aprender a hablarle con corrección.

–Si no me dices lo que quieres… –empezó a decir ella, frunciendo el entrecejo.

–A ti –él sonrió–. Te quiero a ti.

Capítulo 2

A MÍ? –Jessa se quedó perpleja. Quería retroceder un paso, pero las rodillas no la dejaban–. ¿Has venido por mí?

No se lo creía. No podía creérselo, no mientras siguiera clavándole esa mirada peligrosa. Sin embargo, algo dio un pequeño salto en un remoto rincón de su corazón.

–Claro que estoy aquí por ti –dijo él, arqueando una ceja–. ¿Crees que he llegado hasta aquí por accidente?

–Hace cinco años saliste corriendo lo más rápido que pudiste. ¿Y ahora me dices que me has buscado por todas partes? Tendrás que disculparme, pero no entiendo un cambio tan radical de comportamiento –le dijo ella con ironía.

–Tienes que estar hablando de otro –dijo Tariq–. Fuiste tú quien desapareció, Jessa. No yo.

Jessa parpadeó, incrédula. Durante un instante no tuvo ni idea de qué estaba hablando, pero entonces el pasado la golpeó como un puño. Había ido al médico para hacerse una revisión de rutina y así había descubierto que estaba embarazada.

Embarazada.

En ningún momento se hizo ilusiones. Desde el

primer momento supo que Tariq no recibiría la noticia con agrado, así que decidió marcharse durante unos días para buscar una solución, para pensar qué hacer lejos del embrujo de su presencia.

A lo mejor no lo había llamado, pero no lo había abandonado.

–¿De qué estás hablando? ¡No fui yo quien huyó del país!

Tariq contrajo el gesto.

–Dijiste que ibas al médico y entonces desapareciste. Estuviste desaparecida durante días y entonces, sí, me fui del país, si quieres decirlo así.

–Yo volví –dijo Jessa, con la voz cargada de dolor; un dolor que ya debía haber olvidado–. Pero tú no.

Hubo un pesado silencio.

–Debes de haber oído que mi tío falleció, ¿no? –dijo Tariq, mirando hacia otro lado. Su tono de voz era distendido; nada que ver con la tensión que agarrotaba a Jessa.

–Sí –dijo ella, intentando sonar igual de ecuánime–. Salió en todos los periódicos poco después de que te fueras. Fue un accidente terrible. Imagina la sorpresa que me llevé cuando descubrí que el hombre al que creía el hijo de un médico era en realidad un miembro de la realeza, y el nuevo rey de Nur.

–Mi padre era médico –dijo él, levantando las cejas–. ¿O acaso crees que fui capaz de faltar a su memoria por pura diversión?

–Creo que me engañaste deliberadamente –contestó ella, tratando de no sucumbir al arrebato de rabia que sentía–. Sí, tu padre era médico. ¡Pero también era el hermano menor de un rey!

–Lo siento –dijo él en un tono altivo–. Pero tus sentimientos no eran más importantes que la seguridad en esos momentos.

–¿Seguridad? –preguntó ella, sofocando una risotada sarcástica, como si todo eso le fuera indiferente–. ¿Así es cómo lo llamas? Inventaste a un hombre que no existía, que nunca existió. Y después fingiste ser ese hombre.

Él sonrió y Jessa se acordó de una manada de lobos. Estaba segura de que no quería oír todo lo demás que tuviera que decirle.

–Siento lo de tu tío –le dijo en un tono suave, cuando en realidad hubiera querido hablarle con dureza.

–Mi tío, su esposa, y sus dos hijos murieron –dijo Tariq con frialdad, haciéndole ver que no necesitaba sus condolencias–. Y ahora no sólo soy el rey de Nur, sino también el último descendiente de la dinastía. ¿Sabes lo que significa eso?

De repente Jessa sintió pánico.

–Imagino que significa que tienes más responsabilidades –dijo.

No había ninguna razón para su visita, excepto una. Sin embargo, de haber sabido la verdad, no hubiera perdido el tiempo dándole una charla sobre la dinastía monárquica de Nur.

A lo mejor sólo sospechaba algo... Pero, fuera como fuera, lo quería lejos lo antes posible.

–Aunque en realidad yo no sé nada de esas cosas –añadió, extendiendo las manos y gesticulando a su alrededor–. Soy la gerente de unas oficinas. No soy un rey.

–Desde luego –él la observó un momento sin decir nada–. Soy responsable de mi pueblo, de mi país, de una forma totalmente nueva para mí. Significa que tengo que pensar en el futuro. Tengo que casarme y tener herederos. Cuanto antes mejor.

Jessa se quedó sin aire bruscamente. La cabeza le daba vueltas. Sin duda no se estaba refiriendo a… Una parte de ella, secreta y bien escondida, deseaba que así fuera; aquello con lo que tantas veces había soñado.

Ser su esposa.

Ser la esposa de Tariq.

–No seas ridículo –le dijo, cortando sus erráticos pensamientos.

Ella no era nadie y él era el rey de Nur. Era imposible. Totalmente imposible.

–No puedes casarte conmigo.

–Primero te burlas de mí –dijo Tariq en un tono suave–. Me llamas playboy patético. Después me echas de aquí, como si fuera un insignificante insecto, y ahora me reprendes como si fuera un niño –esbozó una sonrisa que no le llegó a los ojos–. A lo mejor has olvidado quién soy.

–Yo no he olvidado nada, Tariq –le dijo en un tono enérgico–. Y es por eso que te pido que te vayas. De nuevo.

Tariq se encogió de hombros con indiferencia, pero sus ojos indicaban otra cosa.

–En cualquier caso, no me estás entendiendo bien –sonrió–. No tengo por costumbre pedirles matrimonio a ex amantes que albergan tanto desprecio por mí. Te lo aseguro.

Jessa tardó unos segundos en asimilar aquellas palabras, pero cuando lo hizo, sintió una profunda vergüenza, humillación… Un amargo recordatorio de lo que había sentido tanto tiempo antes al encontrarse su teléfono apagado, el apartamento de Londres vacío…

La furia más corrosiva se propagaba por sus entrañas, paralizándola. ¿Cómo había podido imaginar siquiera que había salido de la nada para pedirle que se casara con él? En un abrir y cerrar de ojos había vuelto a ser una idiota. Esos cinco años no habían pasado en realidad.

–¿Y entonces qué es lo que quieres? –le preguntó, clavándole la mirada–. No estoy interesada en tus juegos.

–Ya te he dicho lo que quiero –le dijo él en un inquietante tono de calma–. ¿Es que tengo que repetírtelo? No recuerdo que fueras tan lenta captando el mensaje, Jessa.

Una vez más, al oír su nombre en aquellos labios, la joven se estremeció por dentro. Pero entonces decidió que ya había tenido suficiente. Las piezas del puzle no encajaban, y no tenía por qué devanarse los sesos. ¿Por qué le permitía irrumpir en su vida de esa manera? ¿Había aparecido como si nada después de cinco años para acorralarla detrás de un escritorio? ¿Quién se creía que era?

Presa de un arrebato de furia, Jessa rodeó el escritorio y se dirigió hacia la puerta. No tenía por qué consentir que le hablara de esa forma. No tenía por qué escucharle. Ya no era una chiquilla enamorada. Esa jovencita había muerto muchos años atrás, gracias a él.

Tariq no tenía ni idea de todo lo que había pasado, y ella no le debía nada, ni siquiera una explicación.

–¿Adónde crees que vas? ¿Crees que puedes escapar de mí?

–Sí que sé adónde te puedes ir tú –le dijo, sin volverse hacia él, avanzando hacia la puerta.

Y entonces la tocó, así, sin más. No le había oído

acercarse, pero la tocó, sin darle tiempo para prepararse, para esquivarle.

La tocó y entonces ella perdió el control.

Su mano poderosa se cerró alrededor del brazo de la joven justo por encima del codo. Fuego y fuerza, calor... Todo eso emanaba de él, atravesando el fino tejido y marcándole la piel. La historia se repetía.

Él cruzó la distancia que había entre ellos y la apretó contra su fornido pecho. Jessa contuvo el aliento.

Sus cuerpos encajaban a la perfección, como dos piezas de un puzle sin resolver. Ella podía sentirlo en cada rincón de su ser. La quemaba, la consumía, incluso allí donde no estaba en contacto con ella.

–Quítame las manos de encima –le dijo, furiosa consigo misma. ¿Cómo podía traicionarla su propio cuerpo?

Rápidamente él dio un paso atrás, la soltó y la llama se apagó.

Ella se volvió lentamente hacia él.

Tenía que pensar en Jeremy, en lo que tenía que esconder, en lo que Tariq sería capaz de hacer si descubría la verdad.

–¿Es eso lo que piensas de mí? –le preguntó. Levantó la barbilla–. ¿Crees que puedes presentarte aquí después de tanto tiempo, después de esfumarte sin más, dejando un rastro de mentiras tras de ti... ¿Crees que puedes hacer eso y que yo me arrojaré a tus brazos?

–Una vez más parece que te has equivocado –dijo Tariq, mirándola fijamente.

Había algo en su voz que resultaba espeluznante.

–No fui yo quien huyó. Yo soy el que ha reaparecido, a pesar del tiempo pasado.

–Eres el que mintió sobre quién era en realidad. Todo un ejemplo de moral.

–Todavía no me has dicho dónde pasaste todos esos años –dijo Tariq, acariciándola con la voz–. ¿De qué ejemplo de moral estás hablando en realidad?

Obviamente no podía decirle que había descubierto que estaba embarazada. No podía decirle que después de muchos días de tormento había vuelto a Londres para decirle la verdad y que no lo había encontrado, como si nunca hubiera existido, como si hubiera sido un producto de su imaginación.

No podía decirle que… él era el padre.

–Lo cierto es que… –dijo, respirando hondo–. No tengo intención de ahondar en el pasado –se encogió de hombros–. Superé lo tuyo hace mucho tiempo.

Los ojos de Tariq relampaguearon.

–¿En serio? –le preguntó, en un tono sosegado.

–Lo siento mucho si esperabas encontrarme encerrada en algún ático recóndito, llorando con tu foto en la mano –dijo ella, intentando reírse con desprecio–. He seguido adelante. Y te sugiero que hagas lo mismo. ¿No eres un jeque? Seguro que sólo tienes que chasquear los dedos para que aparezca ante ti todo un harén de hermosas mujeres a tu disposición.

Durante una fracción de segundo, Jessa pensó que había ido demasiado lejos. Después de todo, él era un rey.

Tariq apartó la vista un instante y sus labios esbozaron algo parecido a una sonrisa.

–Tengo que casarme –dijo, volviéndose hacia ella–. Pero antes de poder cumplir con esa obligación, parece que tengo que enfrentarme a ti.

–¿Enfrentarte a mí? –ella sacudió la cabeza, sin entender ni una palabra–. ¿Qué tienes que resolver conmigo después de tantos años?

–Tú y yo tenemos una cuenta pendiente –le dijo, levantando las cejas, desafiándola a discrepar.

Por un momento Jessa creyó que iba a desmayarse.

–No tenemos nada pendiente –le dijo, levantando la barbilla, aceptando el reto–. Fuera lo que fuera lo que había entre nosotros, murió hace cinco años, en Londres.

–Eso es mentira –dijo él en un tono inflexible.

–Deja que te cuente lo que me pasó cuando abandonaste el país –dijo ella, desafiándole a interrumpirla. Dio un paso adelante, sin temer ya su cercanía–. ¿Alguna vez lo has pensado? ¿Se te ha pasado por la cabeza?

Qué orgullosa estaba de sí misma aquel verano. Nada más salir de la universidad había conseguido una beca y por aquel entonces creía que ése sería el primer escalón de una carrera prometedora, un futuro brillante… Pero entonces conoció a Tariq, nada más llegar a Londres, y sus sueños cambiaron para siempre.

–Fuiste tú quien se marchó… –empezó a decir él, frunciendo el ceño.

–Me fui durante dos días y medio –dijo ella, interrumpiéndole–. No creo que eso pueda compararse con lo que tú hiciste, ¿no crees? No fue suficiente con abandonar el país, desconectar el teléfono y poner en venta el apartamento –dijo, clavándole la mirada–. Supongo que hubiera sido una humillación para ti tener que decirme a la cara que ya no querías volver a verme. Pero también retiraste tus inversiones.

El gesto de Tariq se contrajo aún más.

–¿Qué creías que pasaría? –le preguntó, desenterrando la vieja rabia que dormía en su interior. Buscó los ojos verdes que en otro tiempo le habían recordado a un bosque en primavera, pero ya no encontró poesía en ellos–. Yo fui la becaria idiota a la que se le ocurrió tener una aventura con uno de los clientes más importantes de la empresa. En realidad no sabía que tú eras el cliente más importante de todos. Lo pasaron por alto, mientras todo fue bien, claro.

Jessa recordaba muy bien a todos aquellos asesores financieros estirados e hipócritas para los que solía trabajar; cómo la miraban, pensando que ella era un incentivo más que ofrecer a su cliente más jugoso. Otro extra más... Una botella del mejor champán, la becaria estúpida, todo lo que quisiera... Pero entonces él había cortado toda relación, no sólo con ella, sino también con la empresa que gestionaba sus inversiones; todo en tres vertiginosos días tras las vacaciones de septiembre.

–Me pareció mejor romper directamente –dijo él, en un tono ahogado, como si luchara contra una emoción incontenible.

Pero ella sabía que era puro teatro. El actual rey de Nur era un hombre de hielo.

–Sí, bueno, rompiste algo más por el camino. Desde luego –le dijo ella, recordando con tristeza a la chica que una vez había sido–. Mi carrera. La rompiste en mil pedazos. Me echaron, por supuesto. ¿Y quién querría contratar a una becaria promiscua que había hecho perder un cliente de oro a su antigua empresa?

Los ojos de Tariq emitieron un oscuro destello.

Jessa recordaba muy bien la mirada de desprecio del director de la empresa en la que trabajaba. Recordaba las duras palabras que había usado para describir su comportamiento; el mismo con el que una semana antes se había ganado un guiño de ojos y una sonrisa.

–Ése fue el final de mi fulgurante carrera en Londres –dijo Jessa suavemente–. Supongo que debería darte las gracias. A algunas personas les lleva toda una vida darse cuenta de que no están hechas para ese mundo. Gracias a ti, a mí sólo me llevó unos pocos meses averiguarlo.

–Mi tío murió –dijo Tariq en un tono bajo y furioso. Su presencia parecía llenar toda la estancia, poderosa y amenazante–. Me vi en el trono de la noche a la mañana, y tenía que cumplir con mis obligaciones. No tenía tiempo para consolar a alguien que estaba al otro lado del mundo.

–¿Es que no tienen papel y bolígrafo en el lugar de donde vienes? –dijo Jessa, con sarcasmo–. Por no hablar de teléfonos. ¿Acaso os comunicáis usando reales poderes telepáticos?

Él apartó la vista y masculló algo entre dientes en una lengua que Jessa no entendía.

–No te preocupes –dijo ella, cruzando los brazos sobre el pecho–. Soy una superviviente. Me curé las heridas y seguí adelante. Puede que no tenga la vida que quería a los veintidós años, pero es mi vida –levantó la barbilla y lo atravesó con la mirada–. Y me gusta.

Otro silencio.

Tariq la observaba sin decir ni una palabra, con el rostro contraído.

–No sería suficiente con ofrecerte una disculpa –dijo por fin, levantando la vista hacia ella–. Obré sin pensar. Fui demasiado impulsivo, insensato.

Jessa se quedó mirándolo un instante, sin dar crédito a lo que acababa de oír. Ni siquiera iba a pedirle perdón. Es más, casi parecía que tenía que darle las gracias por haberla escuchado.

–Enhorabuena –le dijo en un tono corrosivo–. Has conseguido librarte de tener que ofrecer una disculpa, y lo has hecho con mucha elegancia. He estado a punto de darte las gracias.

–Es evidente que estoy en deuda contigo –le dijo. Un relámpago fugaz cruzó su mirada.

–No hay deuda ninguna –dijo ella, deseando librarse de él.

–No puedo compensarte por haber arruinado tu carrera –le dijo, sin hacer caso de sus palabras–. Y a lo mejor no deseas nada que yo pueda darte.

–Ya te he dicho que no quiero nada. No de ti.

–¿Ni siquiera una cena? –dijo él, inclinando la cabeza ligeramente–. Se está haciendo tarde. Sé que te he hecho mucho mal. Además, creo que hay algo más, y lo menos que puedo hacer es escucharte.

Jessa no se creyó ni por un momento todo aquel despliegue de galantería y preocupación. Ella sabía muy bien lo manipulador que podía llegar a ser.

–Me temo que eso es imposible –le dijo con firmeza–. Tengo otros planes.

–Claro –dijo él, lanzándole una mirada que la hizo contener el aliento–. Lo entiendo. En otra ocasión, quizá.

–Quizá –repitió ella, pensando que no volvería a haber otra ocasión.

–Hasta entonces –dijo él. Dio media vuelta y abandonó el despacho.

Se había ido tan rápido como había llegado.

Jessa soltó el aliento que había estado conteniendo

y entonces se desplomó en el suelo, mareada. Se tocó el rostro con ambas manos y entonces las dejó caer.

Sabía que volvería. Aquello no había terminado.

Haciendo un gran esfuerzo, logró ponerse en pie y se alisó la chaqueta con un par de manotazos. Podía llorar por el hombre al que tanto había amado y por el que había cambiado toda su vida, pero no podía dejar que eso la distrajera de su objetivo principal.

Proteger a Jeremy, el niño al que había llevado en su seno durante nueve meses, el bebé al que había besado con locura después de un largo y doloroso parto, el hijo al que había tenido que entregar en adopción con cuatro meses de vida, por muy dura que fuera la decisión… El niño al que quería con todo su ser, y por el que estaría dispuesta a luchar hasta el final con tal de salvaguardar su privacidad y garantizar su felicidad, a cualquier precio…

Capítulo 3

JESSA no se sorprendió en absoluto al encontrar a Tariq en su puerta a la mañana siguiente. En realidad le extrañaba que no se hubiera presentado en mitad de la noche.

Sabiendo que era inútil ignorarle, fue a abrir la puerta sin dilación. Los insistentes golpecitos podían llamar la atención de los vecinos en cualquier momento.

Asomó la cabeza por el borde de la puerta, bloqueándole la entrada.

Sus miradas se encontraron y el tiempo se detuvo.

–Buenos días, Jessa –dijo él en un tono casual, como si tuviera por costumbre presentarse en su puerta todos los sábados por la mañana, tan apuesto e inalcanzable como siempre.

–Ya veo que no te he despertado –le dijo ella en un tono irónico–. Aquí estás de nuevo.

–¿Y cómo iba a irme así como así? –le dijo él con una de esas sonrisas seductoras que tanto la inquietaban.

Ella lo miró con ojos escépticos.

–No me crees –murmuró él, acercándose más–. A lo mejor puedo convencerte.

Mientras respiraba el aroma de su piel, sándalo, especias y piel caliente, Jessa decidió que sólo tenía una opción. Lo único que podía hacer era intentar desviar sus sospechas lo mejor que pudiera, y hacerle volver al lejano lugar del que provenía.

Podía hacerlo.

Las rodillas le temblaban y la cabeza le daba vueltas, pero no tenía alternativa. Tenía que hacerlo por su hijo.

Podía ocuparse de Tariq.

Abrió la puerta de par en par y dio un paso atrás.

–Entra –le dijo.

Tariq dejó que Jessa lo guiara hacia el interior de la casa, oscura y pequeña, como todas las casas inglesas. Todo aquel país de días nublados y lluviosos lo hacía añorar con más fuerza el cielo azul de Nur, el horizonte interminable, la inmensidad del desierto... En ese momento debería haber estado ya de vuelta en el palacio de Azhar, ocupándose de los asuntos de estado que correspondían al máximo dirigente de la nación. Y sin embargo, seguía en Inglaterra, detrás de la mujer a la que había ido a buscar.

No tenía tiempo para tonterías. Su paciencia tenía un límite y no tenía ningún deseo de volver al pasado. Ya no era aquel joven egoísta y libertino que una vez había sido, y ya no quería volver a saber nada de él. Pero ella seguía atormentándolo, lo había hecho a lo largo de muchos años, como ninguna otra. Podía recordar su sonrisa, la curva de su espalda, el aroma de su piel... Lo recordaba todo a la perfección. No había tenido elección excepto ir en su busca. Tenía que sacársela de la mente de una vez por todas para seguir adelante con su vida, tal y como debería haber hecho cinco años antes. Matrimonio, herederos, su deber...

Jessa lo condujo a la sala de estar y se detuvo junto a la repisa. Lentamente se volvió y le dio la cara. Era evidente que estaba muy nerviosa. Sus movimientos temblorosos y erráticos la delataban.

Tariq miró a su alrededor, buscando pistas sobre aquella chica sencilla que lo había hecho sentir cosas tan complicadas; tan complicadas como para hacerle ir en su busca después de tantos años, como un loco estúpido. La sala de estar era de lo más modesta. El sofá parecía muy usado, pero cómodo y había una taza de té medio llena sobre la mesa central, junto con los restos de lo que parecía una tostada. Había algunas fotografías enmarcadas sobre la repisa. En alguna de ellas aparecía una mujer con dos niños que debían de ser sus hijos; la hermana de Jessa, a juzgar por el parecido físico. En otra aparecían las dos hermanas juntas, cuando eran niñas, y después en la adolescencia.

Tariq agarró la foto más cercana y frunció el ceño.

–Te pareces a tu hermana –le dijo–. Aunque eres mucho más guapa.

Jessa se sonrojó, pero no de placer. Estiró la mano y le arrebató la foto con brusquedad.

–No voy a preguntarte qué crees que estás haciendo aquí –le dijo, intentando hablar en un tono sosegado.

–Por favor, pregúntamelo. Adelante –dijo él, retándola, acercándose un poco, disfrutando del rastro de fuego que le recorría la piel cuando estaba cerca de ella–. Estaré encantado de explicártelo. Incluso puedo demostrártelo, si lo prefieres.

Ella no se apartó, pero sí se ruborizó aún más.

–No quiero saber cómo justificas tu comportamiento –le dijo, levantando la barbilla–. No tenemos nada de qué hablar.

–Podrías habérmelo dicho en la puerta –señaló él–. ¿Por qué me has invitado a entrar si no tenemos nada de qué hablar?

Ella lo miró con una expresión de perplejidad.

–¿Qué habrías hecho si no hubiera abierto la puerta, o si te hubiera impedido la entrada?

Tariq se limitó a sonreír, consciente de que ella acababa de revelarle una de sus debilidades.

–Este juego no durará mucho si tú ya sabes que yo voy a ganar –le dijo, sonriendo aún más–. O a lo mejor es que no deseas que dure mucho, ¿no?

–El único que está jugando a un juego eres tú –Jessa puso la foto sobre la repisa y se cruzó de brazos, mirándole fijamente.

Él se acercó un poco más hasta quedar a unos centímetros de distancia. Ella se mantuvo firme, pero el rubor de sus mejillas se hizo más intenso y su respiración más entrecortada.

Tariq estaba lo bastante cerca como para tocarla, pero no lo hizo. Podía ver cómo le latía una vena en el cuello. Es más, casi era injusto. Casi era injusto que pudiera usar su propio cuerpo de mujer en su contra. Casi…

–Sigues poniéndome a prueba, Jessa –le susurró–. ¿Y qué pasa si no estoy a la altura? ¿Quién sabe qué podría pasar si pierdo el control?

–Muy gracioso –le dijo ella, guardando la compostura a duras penas–. ¿Cuándo fue la última vez que eso ocurrió? ¿Ha ocurrido alguna vez?

De repente, Tariq tuvo una visión de Jessa, desnuda en la cama de aquel apartamento en Mayfair. Recordaba su perfume, su sonrisa, sus pechos llenos y redondos… Recordaba el primitivo deseo que le agarraba las entrañas, un deseo por ella que nada podía saciar. Todavía no lograba entender todas las formas en las que la deseaba, pero sí sabía que se le había metido bajo la piel, y que no podía escapar de ella, ni siquiera en sueños.

Tariq apartó la vista y trató de recuperar el control. Ella se lo tomó como una respuesta.

–Suponía que no –dijo ella, como si acabara de descubrir una gran verdad–. No eres capaz de perder el control. Sin duda, es una cualidad muy útil para un rey.

Tariq se volvió hacia ella y la observó un momento. Tenía las mejillas encendidas. ¿Acaso buscaba ofenderle? Si era así, no era rival para él.

–Creo que no me estás entendiendo –murmuró él. La agarró del cuello, sintiendo su delicada piel contra la palma de la mano, el peso de sus rizos suaves y sedosos.

Ella se sobresaltó y trató de disimular, pero era demasiado tarde. Él podía sentir los violentos latidos de su corazón.

No le cabía duda de que no quería quererle. No había olvidado aquel día, cuando había desaparecido sin más; algo inesperado en una chica que siempre acudía a su llamada sin dilación, como las abejas a la miel. Si la tragedia y el destino no se hubieran interpuesto en su camino, sin duda le hubiera seguido la pista mucho antes, pero no tenía ningún sentido seguir ahondando en aquellas aguas turbulentas del pasado, sobre todo porque no sabía lo que se iba a encontrar. Lo único que importaba era que ella todavía lo deseaba. Podía sentirlo bajo las yemas de los dedos, podía verlo en sus pupilas dilatadas, en el rubor de su piel…

–Tariq…

–Por favor… Sólo quiero hablar… Sobre nosotros. Nosotros…

La palabra rebotó en el subconsciente de Jessa, dejando marcas que no se podían borrar fácilmente.

«Tienes que seguir adelante con tu vida», le había dicho su hermana Sharon dos semanas después del amargo final con Tariq, aún sin saber que estaba embarazada. Aquel día, con el rostro de Tariq en todas las cadenas de televisión a causa de la tragedia de Nur, Sharon había tratado de consolar a su hermana.

–No sé qué significa eso –le había dicho Jessa desde la pequeña cama que había sido suya cuando era una niña.

Sharon era ocho años mayor y había cuidado de ella desde la muerte de sus padres, que habían fallecido uno detrás del otro. Sharon y su marido, Barry, se habían hecho cargo de la casa y también de ella, mientras intentaban tener una familia propia, lo cual nunca consiguieron.

–Significa que tienes que bajar de la nube. Has tenido una aventura, Jessa, y eso es más de lo que muchas personas consiguen. Pero no puedes seguir regodeándote en tu propia miseria para siempre. Los hombres como él son fantasías –había añadido su hermana sin piedad alguna–. No están hechos para chicas como tú o como yo. ¿Acaso pensabas que te llevaría a su castillo y te convertiría en una reina? ¿A ti? ¿A la pequeña Jessa Heath de Fulford? Siempre te has creído muy especial, Jessa, pero ya te has divertido bastante y es hora de ser realistas, ¿no crees?

Entonces Jessa no había tenido otra elección, sino poner los pies en la tierra. Pero Tariq había vuelto y había demasiadas cosas en juego.

–No hay ningún «nosotros» –le dijo, sosteniéndole la mirada–. Creo que nunca lo hubo. No sé a qué estás jugando.

–Tengo una proposición que hacerte –dijo él en un tono sosegado, como si lo que ella acababa de decir no tuviera importancia alguna. Se recostó contra la repisa en una pose de autosuficiencia. En ese momento era más rey que nunca.

–¿Son las nueve y media de la noche y ya me estás haciendo una proposición? –dijo Jessa, decidida a no dejarse apabullar–. ¿Por qué no me sorprende? –añadió, intentando emular a las mujeres sofisticadas y distinguidas con las que le imaginaba en su entorno real y mayestático.

Todavía podía sentir su mano sobre la piel, como un tatuaje, pero hacía todo lo posible por ignorarla.

–¿Acaso soy tan predecible?

Jessa se mantuvo inmóvil, sin retroceder ni un ápice. Entrelazó los dedos por delante del pecho y le clavó la mirada.

–No se trata de eso –le dijo en un tono gélido y entonces levantó las cejas, desafiándole–. A lo mejor eres igual que cualquier otro hombre cuando las cosas se ponen difíciles. A lo mejor tienes miedo.

Él se quedó petrificado y la temperatura de la habitación pareció descender unos cuantos grados. Jessa sabía que en ese momento era más peligroso que nunca.

Algo siniestro y oscuro cruzó su rostro, y entonces esbozó una sonrisa depredadora.

–Ten cuidado, Jessa –le advirtió en un tono espeluznante–. Hay muy pocas personas que se atrevan a llamarle cobarde a un rey a la cara.

–Sólo estoy diciendo las cosas como son –dijo ella, fingiendo que no le tenía ningún miedo. Se apartó unos mechones de pelo de la cara–. Todavía no eras rey cuando huiste, ¿no?

–¿Dices que hui?

–¿Y cómo lo dirías tú? –preguntó ella, casi sonriente, como si se tratara de una broma–. Las personas adultas suelen hablar cuando una relación se termina, ¿no es así? Se llama educación, por lo menos.

–De nuevo has olvidado el orden de las cosas. Fuiste tú quien se esfumó en el aire.

–Dejé de contestar al móvil durante dos días. Eso fue todo lo que hice. Eso no es lo mismo que abandonar el país, ¿no?

–¡No es que me haya ido de vacaciones a la costa de Amalfi! –exclamó él.

Jessa sacudió la cabeza.

–Ahora ya no tiene importancia –le dijo, restándole importancia, como si aquello no le hubiera roto el corazón–. Sólo estoy sugiriendo que te vino muy bien. Eso es todo. Fue una salida muy fácil.

Tariq la taladró con la mirada como nunca antes lo había hecho, como si no la conociera de nada.

–No voy a hacer un drama, ni tampoco voy a dejarme llevar por un arrebato de rabia, si es eso lo que estás buscando –le dijo finalmente, sin apartar la vista ni un segundo–. No vas a salirte con la tuya, aunque me insultes y cuestiones mi honor –su boca se tensó en un amago de sonrisa–. Tengo formas mejores de expresar lo que siento.

Jessa sintió una repentina ola de calor y luchó contra ella con todas sus fuerzas.

–¿De qué se trata entonces? –le preguntó finalmente,

incapaz de dejar de mirarle, incapaz de callarse las preguntas cuyas respuestas no deseaba oír–. ¿Cuál es esa maldita proposición de la que hablas?

–Una noche –dijo él sin más.

Jessa se estremeció por dentro y el cortafuegos que había levantado a su alrededor se desplomó. Las llamas del deseo la envolvían sin control.

–Eso es todo, Jessa. Eso es todo lo que quiero de ti.

Capítulo 4

LAS PALABRAS retumbaron en las paredes. Jessa tragó en seco.

Tariq podía ver cómo le temblaban las manos y eso le hacía saborear aún más el triunfo. Ella sabía que era inevitable, pero no estaba dispuesta a rendirse, y eso la hacía desearla aún más.

Aquel enfrentamiento sólo podía terminar de una manera, en la cama, y por ello se permitía el lujo de ser paciente. Ella podía resistirse todo lo que quisiera, pero no iba a salirse con la suya.

–No quiero volver a malinterpretarte –dijo ella después de un momento.

Tariq se dio cuenta de que la nueva Jessa, madura y segura de sí misma, estaba a la altura de las circunstancias. Era una mujer misteriosa que no se dejaba intimidar con facilidad.

–¿Una noche de qué?

–De todo lo que yo quiera –dijo él–. Cualquier cosa que pida.

–Tendrás que especificar un poco, Tariq –le dijo ella en un tono tenso.

–Como quieras –dijo él, inclinándose hacia ella y disfrutando al verla retroceder–. Te quiero en mi cama. O en el suelo. O contra la pared. O de todas las formas. ¿He sido lo bastante específico?

–¡No! –ella lanzó una mano al aire, como si quisiera detenerle, pero ya era demasiado tarde.

Él se acercó más y entonces su mano se estrelló contra un pectoral fornido y poderoso.

–No. ¿A qué te refieres? –preguntó él en un tono sensual, pero amenazante–. ¿No quieres darme esa noche, o es que no quieres sentirme dentro de ti una vez más? ¿No quieres que te haga gemir de placer?

–¡No seas ridículo! –susurró ella. La mano que sostenía contra su pecho era el único punto de contacto entre ambos, frenándole, tocándole.

–Puede que sea muchas cosas, pero no ridículo.

Tomó la mano de ella y se la llevó a los labios, probando su piel, sintiendo el pulso que palpitaba en su muñeca. Era como el vino. Se le iba directamente a la cabeza, arrastrándolo con una fuerza imparable.

Ella emitió un sonido, como si estuviera a punto de hablar. A lo mejor dijo algo, y no pudo oírla por el ruido de su propio corazón. No había esperado una avalancha de lujuria tan fuerte y arrolladora.

–Te quiero fuera de mi cabeza –le dijo en un tono profundo e intenso.

Estaba desesperado. Necesitaba una reina, herederos… Y ella era lo único que le impedía cumplir con su deber de rey. Tenía que sacársela de la mente de una vez y por todas.

–De una vez por todas. Sólo quiero una noche.

Un noche…

Atónita, Jessa se le quedó mirando unos segundos, incapaz de creer lo que acababa de oír. Aquellas palabras increíbles bullían en el aire como agua hirviendo.

Como si él la quemara, apartó la mano rápidamente y se movió hacia el otro lado de la habitación, poniendo algo de distancia entre ellos.

–Te pido disculpas… –le dijo, utilizando su tono más formal e inflexible.

–¿En serio? –preguntó él, interrumpiéndola, inclinándose con desparpajo sobre la repisa–. No me pidas disculpas cuando hay muchas otras cosas más interesantes que me podrías pedir.

–Te pido disculpas… –repitió ella, siguiendo adelante a duras penas–. Si no he entendido bien, pero tiene que ser una broma.

–Te puedo asegurar que nunca bromeo cuando se trata de ti.

De alguna forma Jessa le creyó. Sin embargo, había un extraño brillo en su mirada que le decía que era mejor no saber a qué se refería exactamente con eso.

–Entonces debes de estar loco. ¡Antes que pasar la noche contigo, me pasearía desnuda por Parliament Street!

En cuanto oyó el eco de sus propias palabras, Jessa pensó que una mujer sensata jamás hubiera usado la palabra «desnuda» delante de un hombre como Tariq. Él no se movió ni un milímetro, pero, su sombra pareció crecer a su alrededor.

–Lo que quiero decir… –dijo, prosiguiendo, al ver que él guardaba silencio, atravesándola con la mirada–. Es que, por supuesto, no voy a pasar una noche contigo. El pasado no se puede borrar así como así. Me sorprende que te atrevieras a pedirme algo así.

–¿En serio? –le dijo él, autosuficiente, prepotente–. No te lo he pedido.

–Mejor. Así me ahorro la inconveniencia de tener

que negarme –dijo ella, intentando mantener la calma–. Qué bueno que no me lo has pedido.

–¿Por qué te negarías? –le preguntó él, irguiéndose ante ella, apabullándola, invadiendo su espacio, aunque estuviera en el otro extremo de la estancia.

Jessa retrocedió unos pasos, alejándose de aquella poderosa energía que manaba de él como de un campo de fuerzas. Sin embargo, tuvo que detenerse cuando las rodillas le dieron contra un butacón.

«No puedes escapar», se dijo a sí misma. «Sólo conseguirías que fuera detrás de ti. Y tienes que pensar en Jeremy. ¡Tienes que pensar en él».

–¿Por qué quieres una noche? –le preguntó, metiendo las manos en los bolsillos del pantalón, como si todo aquello le fuera indiferente–. ¿Y por qué ahora? No me digas que llevas cinco años pensando en mí –añadió y se echó a reír de sus propias palabras.

Sin embargo, al ver la expresión de él, la risa se le ahogó en la garganta. Una gran verdad ardía en lo más profundo de sus oscuras pupilas.

–Te dije que tenía que casarme –se encogió de hombros, como si un compromiso duradero no tuviera la más mínima importancia para él–. Pero primero tengo que asegurarme de que estás fuera de mi vida. Lo entiendes, ¿no?

–Yo pensaba que llevaba cinco años fuera de tu vida –dijo ella, intentando sonar imparcial y sofisticada, pero sin mucho éxito.

Nerviosa, se mordió el labio.

Tariq se frotó la barbilla con una mano, sin dejar de mirarla ni un instante, como si pudiera ver en su interior.

–¿Quién sabe por qué es difícil olvidar algunas cosas? –exclamó, bajando la vista–. Después de la muerte de mi tío, mi vida dejó de pertenecerme. Me dediqué a servir a mi país, pero no era suficiente con aceptar el trono. Tenía que aprender a llevarlo –sacudió la cabeza levemente, como si no hubiera querido decir algo tan revelador–. Pero cuando resultó evidente que ya no podía retrasar más mi matrimonio, supe que no podía casarme teniendo esta cuenta pendiente. Y decidí buscarte. No es una historia muy complicada.

Esa vez, cuando la miró a la cara, sus ojos verdes eran más impenetrables que nunca.

–Quieres hacerme creer que… –Jessa no era capaz de decir las palabras. Era demasiado absurdo–. ¡No tenemos ninguna cuenta pendiente!

–Tú eres la única mujer que me ha dejado –le dijo–. Dejaste una huella en mí.

–¡Yo no te dejé! –mascullό ella, con rabia.

Era muy difícil explicarle por qué había desaparecido durante esos días.

Ella… que rara vez se había despegado de él durante las pocas semanas que había durado aquella alocada aventura.

–Eso dices tú –él se encogió de hombros–. Llámalo como quieras, pero fuiste tú quien lo hizo.

–Y eso te ha llevado a seguirme la pista después de todos estos años –dijo ella suavemente–. No me lo puedo creer.

El aire, enrarecido por la tensión, se hizo irrespirable.

–¿No te lo puedes creer? –preguntó él en un tono difícil de descifrar. Había algo en su voz que no lograba comprender, algo que más tarde lamentaría no haber entendido…

«Satisfacción…», pensó, pero ya era demasiado tarde.

Él cruzó la habitación, rodeó la mesa que los separaba de una zancada y la estrechó entre sus brazos.

–Tariq… –empezó a decir ella, aterrorizada, pero entonces las palabras huyeron de su mente. Sólo podía sentir los brazos de él, rodeándola como si fueran barras de acero. Su pecho era una pared de fuego que la abrasaba y en sus ojos ardía una llamarada de emoción sin nombre.

–Pues créete esto –dijo finalmente, sellando las palabras con un beso arrebatador.

Capítulo 5

EL MUNDO dio un giro de ciento ochenta grados para Jessa. Ya no sabía si estaba de pie, o en el suelo, pero lo más absurdo era que tampoco importaba. Los labios vigorosos de Tariq se movían sobre los suyos y la hacían olvidarlo todo de un plumazo. Olvidó todas las razones por las que no debía tocarle o acercarse a él. Olvidó por qué necesitaba librarse de él lo más pronto posible; olvidó que no podía mostrarle sus sentimientos, para que no pudiera hacerle daño nunca más.

Ya nada importaba. Todo lo que importaba era sentir aquellos labios fuertes y apasionados, y Jessa quería más y más. Él sabía exactamente cómo besarla, sabía cómo hacerla enloquecer; caricias lentas y sutiles con las que probaba su boca una y otra vez, encajando con ella a la perfección.

–Sí –murmuró la joven, sin reconocer apenas su propia voz.

Las sensaciones se sucedían una tras otra; demasiado para su cuerpo ávido de placer. Las manos de él se movían con destreza sobre su piel. Con una la agarró de la nuca, mientras que con la otra la empujó hacia él, apretándola contra sus caderas.

Jessa podía sentirlo por todas partes. ¿Cómo había podido vivir sin eso tanto tiempo? No soportaba estar lejos de él y, por muy cerca que estuviera, nunca era suficiente. Empezó a explorar su cuerpo fornido, deslizando las manos por su torso bien esculpido. Su piel le abrasaba las yemas de los dedos.

Estaba muy excitado. Su sexo era muy grande, mucho más grande de lo que ella recordaba. Sus espaldas eran anchísimas y sus músculos, duros como piedras.

Con las puntas de los dedos, Jessa dibujó figuras sobre la superficie de su espalda, sintiendo su poder y su fuerza bajo las manos. Tariq mascculló algo que no podía entender y entonces deslizó las manos hasta agarrarle el trasero, apretándola más y más contra él, haciéndola sentir su miembro viril.

Jessa contuvo el aliento. Algo en su vientre se derretía y temblaba. Él suspiró, como si sintiera un gran alivio, y entonces Jessa oyó un gemido distante.

Era ella misma.

Él siguió besándola, una y otra vez, como si no pudiera parar, como si él también recordara que siempre había sido así entre ellos; un arrebato vertiginoso de lujuria. Ella no podía pensar, y tampoco encontraba motivos para hacerlo. Enroscó los brazos alrededor de su cuello, arqueó la espalda y apretó sus pechos hinchados contra la dura superficie del pectoral de Tariq, inclinando la cabeza para darle mejor acceso a ella.

Y él no la defraudó. Dejó sus labios y comenzó a besarla por el cuello, dejando un rastro de fuego sobre su piel palpitante.

–Más –susurró él. Le agarró el borde del suéter, tiró de él hacia arriba y se lo levantó hasta los pechos.

Durante un instante se limitó a mirarla y entonces empezó a acariciarle los pezones, masajeando suavemente a través de la camisola que ella llevaba puesta.

Jessa gemía, abandonada al más profundo desenfreno... Sentía un deseo incontrolable que ardía bajo su vientre, consumiéndola desde dentro hacia afuera. Deseaba sentir algo más que sus manos. Deseaba...

Mascullando un juramento, Tariq le arrancó el suéter del cuerpo y entonces se tomó un momento para contemplarla. Sus ojos oscuros brillaban con la luz de la mañana.

A Jessa le ardían los pezones de puro deseo y un cosquilleo bajaba por su vientre. Todo su ser buscaba las caricias de Tariq, su boca, su sexo...

¿Cuánto faltaba para que una súplica le saliera de los labios?

No mucho.

Aquel pensamiento fue como un jarro de agua fría para la joven; una violenta bofetada en la cara.

Jessa parpadeó y la cordura recuperó el control.

Retrocedió un paso y se alejó de él, lejos de sus peligrosas manos. ¿Cómo había dejado que ocurriera algo así? ¿Cómo le había dejado tocarla de esa manera?

–Para –le dijo, arrancándose la palabra del pecho.

Él le había roto el corazón cinco años antes, pero ¿qué más podía hacerle esa vez? ¿Qué más podía romper? Le había llevado muchos años reconciliarse consigo misma después de todo lo ocurrido y, sin embargo, allí estaba de nuevo, a punto de arrojarse a sus brazos una vez más, tal y como había hecho en el pasado.

Entonces nunca pudo creerse del todo que la deseara, y tampoco se lo creía en ese momento. Nunca había logrado averiguar a qué juego estaba jugando, por qué un hombre como él se había fijado en alguien como ella.

Pero, fuera como fuera, había vuelto al punto de

partida en un abrir y cerrar de ojos. Jessa Heath, aunque más vieja y más sabia, estaba a punto de cometer los mismos errores.

No. No podía hacer algo así. No iba a dejar que volvieran a romperle el corazón.

–No quieres parar –le dijo él–. Sólo crees que sí. No pienses.

–Sí pienso –dijo ella, tratando de recuperar la compostura. Se puso derecha y trató de peinarse el cabello alborotado con ambas manos.

–Fuera lo que fuera lo que pasó entre nosotros, todavía nos queda esto –dijo Tariq, que no parecía dispuesto a darse por vencido–. ¿Cómo vamos a ignorarlo?

Jessa sintió un pinchazo de rabia. ¿Cómo podía hablar con tanta insolencia, como si en realidad fuera algo más que sexo para él? ¿Acaso no había aprendido ya la lección?

–No voy a negar que todavía me siento atraída por ti –dijo con sumo cuidado, tratando de no delatarse con sus propias palabras–. Pero somos adultos, Tariq. Y tenemos que comportarnos como tales.

–No tenemos por qué –contestó él en aquel tono seductor que tan buenos resultados le había dado en el pasado.

Como si todavía fuera ese hombre…

–A veces es mejor dejarse llevar un poco.

Jessa buscó el suéter y se lo puso con un movimiento brusco, como si le sirviera de armadura contra él. Se alisó las arrugas de la tela sobre las caderas, se tocó el cabello, y fue entonces cuando se dio cuenta de que estaba actuando de una forma compulsiva. Y él sin duda se daba cuenta.

–Pensaba que querías hablar de algo importante –le dijo, intentando hacerse la dura sin mucho éxito–. Yo no quiero esto –le dijo, aclarándose la garganta y gesticulando–. No quiero esto en mi vida, ¿lo entiendes?

–¿Es que tienes una vida llena y plena? –le preguntó él, taladrándola con la mirada–. ¿Nunca piensas en el pasado?

–Mi vida está lo bastante llena como para que no haya lugar en ella para el pasado –levantó la barbilla y le habló con prepotencia y orgullo–. Puede que a un rey no se lo parezca, pero yo estoy muy orgullosa de mi vida. Es una vida simple y es mi vida. Yo sola me he buscado todo lo que tengo, y me he hecho una vida, literalmente.

–¿Y crees que yo no soy capaz de entenderlo? ¿Crees que no sé lo que es empezar de nuevo, de la nada?

Él se inclinó hacia delante, recordándole que bastaba con un paso atrás para que ambos se desplomaran sobre el sofá, cayendo uno encima del otro.

–Sé que no puedes entenderlo –le dijo. Ignorando sus erráticos pensamientos, rodeó la mesa central y puso algo de espacio entre ellos–. Igual que yo no podría entender la vida del dirigente de una nación. ¿Cómo iba a poder? Es algo inimaginable para mí.

–Entonces cuéntame cómo es –le dijo él, yendo tras ella en dirección a la ventana–. Cuéntame cómo es ser Jessa Heath.

–¿Y por qué te interesa tanto? –le preguntó ella, parándose en seco y mirándolo con un gesto de incredulidad–. ¿Por qué quieres saber sobre algo tan corriente y mundano?

–Te sorprenderías si supieras todas las cosas que

quiero saber –se metió las manos en los bolsillos y la observó un instante–. Ya te he dicho que nunca te he olvidado a lo largo de estos años, pero tú sigues sin creértelo. A lo mejor no te encontraré tan fascinante si me cuentas más cosas sobre ti.

–Soy una mujer sencilla, con una vida sencilla –le dijo en tono brusco.

No creía que la estuviera engañando, pero tampoco podía creer que alguien como él sintiera fascinación por alguien como ella.

–Si estás tan orgullosa de tu vida como dices, ¿por qué te escondes? ¿Por qué no lo dices a los cuatro vientos?

Presa de una gran frustración, Jessa rehuyó su mirada un instante. La piel de los brazos se le puso de gallina, así que los cruzó por delante del pecho.

Sólo quería que él se fuera de una vez. En cuanto lo hiciera, todo volvería a la normalidad, como si nunca hubiera estado allí.

–La vida de una chica corriente de Yorkshire debe de tener tanto interés para ti como el pronóstico del tiempo en Mongolia.

–Puede que no me conozcas tan bien como crees –dijo Tariq en un tono altivo y aristocrático. Sin duda debía de usar ese tono para dirigirse a sus súbditos.

Pero ella no era uno de ellos.

–Mi vida no tiene mucho misterio –le dijo–. Todas las mañanas me levanto y me voy a trabajar. Me gusta mi trabajo y soy buena en él. Mi jefe es buena persona. Tengo amigos, vecinos... Me gusta donde vivo. Soy feliz –le dijo, sintiendo el calor que le consumía los ojos.

Ojalá hubiera podido creérselo mientras lo decía.

–¿Qué esperabas? ¿Que mi vida sería un desastre y un tormento en su ausencia?

Él abrió la boca, pero no dijo nada. Jessa quería decirle todo lo que había sufrido por su culpa, pero sabía que no era una buena idea. Tenía que proteger a Jeremy.

–Por favor, vete –le dijo tranquilamente, pero sin mirarle a la cara–. No sé por qué has venido a buscarme, Tariq, pero ya es suficiente. No teníamos por qué volver a vernos, así que debes irte.

–Me voy esta noche –dijo él de repente.

Jessa levantó la vista, sorprendida.

–Pareces que no te lo crees.

–Me duele que confíes tan poco en mí. ¿Crees que no voy a marcharme en realidad?

–Espero que hayas encontrado lo que estabas buscando –dijo ella, incapaz de procesar el aluvión de emociones que la embargaba.

Alivio, sospecha, dolor…

–Pero no era necesario desenterrar el pasado.

–No estoy de acuerdo. Cena conmigo esta noche –hizo una pausa, como si no estuviera acostumbrado a lo que estaba a punto de decir–. Por favor.

Jessa, que no se había dado cuenta de que estaba conteniendo la respiración, la soltó repentinamente.

–No creo que sea una buena idea –dijo, frunciendo el ceño, más enojada consigo misma que con él. ¿Por qué quería en el fondo cenar con él? ¿Para qué prolongar la agonía?

–Que sea buena o no, no tiene importancia, ¿no crees? –Tariq se encogió de hombros–. Te he dicho que me marcho. Una cena. Eso es todo. ¿Es eso demasiado pedir? ¿Por los viejos tiempos?

Jessa sabía que debía negarse, pero ¿qué haría él si le decía que no? ¿Acaso volvería a presentarse en su casa cuando menos lo esperara? No podía dejar que volviera a buscarla a la casa, y si eso significaba que tenía que acceder a su absurda petición, quizá mereciera la pena. La mujer hecha y derecha en la que se había convertido llevaba años diciéndose a sí misma que lo de Tariq había sido un encaprichamiento sin más importancia, y que la agonía de perderle se había visto agravada por el bebé que llevaba en su vientre. Sin embargo, nunca se le había ocurrido pensar que volver a verle después de tantos años pudiera suscitar en ella unos sentimientos tan fuertes.

Quizás lo mejor fuera hacerle frente de una vez y por todas.

Además, la cena tendría lugar en un lugar público. ¿Qué daño podía hacerle en una estancia llena de gente?

Una vocecilla proveniente de un lejano rincón de su mente susurró una advertencia, pero ya era demasiado tarde. Ya había empezado a decir las palabras que lo cambiarían todo.

–Muy bien –dijo–. Cenaré contigo, pero eso es todo. Sólo una cena.

Un destello de satisfacción cruzó la mirada de Tariq y sus labios esbozaron un amago de sonrisa.

Nada más ver su expresión Jessa se dio cuenta de que había cometido un gran error.

–Estupendo –él inclinó ligeramente la cabeza–. El coche te recogerá a las seis.

Capítulo 6

JESSA no fue capaz de reconocer la verdad hasta que no se vio sentada en aquella mesa, situada en una terraza al aire libre de un quinto piso, no muy lejos del Arco del Triunfo, en París, Francia.

No era rival para alguien como Tariq bin Khaled Al-Nur.

–Me alegro de que hayas podido venir –dijo Tariq, observándola con atención.

Jessa hizo todo lo posible por no mostrar reacción alguna, pero no pudo controlar la expresión de su rostro.

–No me diste elección, ¿no crees? –le preguntó.

Él la había envuelto en su tela de arañas y, allí estaba ella, fuera de su país y totalmente a su merced.

Tariq esbozó una sonrisa arrogante y le hizo señas al camarero para que les sirviera el vino. Estaban en el último piso de una elegante casa, rodeada de estatuas de piedra y de hierro forjado. El bullicio de la noche parisina los rodeaba por doquier.

Sin embargo, Jessa no era capaz de disfrutar de la belleza de las vistas, ni tampoco de la exquisitez de la mesa que tenía ante ella, adornada con manteles de seda y cubertería de plata. En realidad creía que estaba a punto de desmayarse.

Miraba a Tariq fijamente, sin decir ni una palabra.

En su interior las emociones libraban una batalla encarnizada.

Pero él no parecía darse por aludido. Se limitaba a sonreír con condescendencia mientras jugueteaba con la copa de vino.

Se había puesto su mejor vestido. No podía negarlo. Aunque fuera prácticamente imposible que alguien como ella pudiera impresionarle, había hecho todo lo que estaba en su mano para conseguirlo. Sin embargo, en ese momento el vestido azul intenso con el que antes se había visto tan guapa no le parecía más que un saco de patatas, totalmente eclipsado en aquella ciudad rutilante.

De todos modos, pasara lo que pasara esa noche, por lo menos tenía plena conciencia de ello y sabía con certeza que había sido una decisión propia. Ya no era aquella chiquilla que se había dejado enamorar como una tonta. Se había subido en aquel coche por voluntad propia y no se había quejado en absoluto cuando se habían dirigido al aeropuerto de Leeds Bradford, en vez de detenerse frente a las puertas de algún hotel lujoso de York. Unos minutos después estaba a bordo de un impresionante jet privado, pensando que irían a cenar a Londres. Sin embargo, la hora de vuelo finalmente se había convertido en dos y…

Francia.

Había acabado en el extranjero, en una de las flamantes casas que Tariq tenía por todo el mundo.

Pero no podía echarle la culpa a nadie excepto a sí misma. Tariq ni siquiera había ido en el avión con ella.

–No puedes estar enfadada conmigo –dijo él suavemente.

Jessa podía sentir su acento sutilmente exótico sobre la piel, envolviéndola como una caricia.

–Estamos rodeados de tanta belleza… –añadió, contemplando los mayestáticos edificios y radiantes monumentos que los rodeaban.

–¿No puedo enfadarme? –preguntó ella, con las manos cruzadas sobre su regazo, tratando de mantener a raya la histeria que amenazaba con apoderarse de ella.

No obstante, si era sincera consigo misma, sabía que no era precisamente histeria lo que sentía en ese momento. Era mucho más complicado.

–Accediste a cenar conmigo –dijo él, encogiéndose de hombros con prepotencia–. Pero no especificaste el lugar –añadió, casi sonriendo.

–Qué tonta fui –dijo ella, mirándole a los ojos sin perder la calma–. Nunca se me ocurrió pensar que uno tiene que especificar un país cuando va a cenar fuera.

–Hay muchas cosas que no se te han ocurrido, al parecer –dijo Tariq.

Pero Jessa prefirió no ahondar en aquel comentario.

–Cuando uno tiene tanto dinero y recursos, es algo que se puede esperar, ¿no? Sin embargo, estas cosas impresionan mucho más cuando son el fruto del trabajo duro.

–A lo mejor –dijo él en un tono ligeramente tenso, recordándole en cada momento que podía insultarle sólo porque él mismo se lo permitía–. ¿Te ofende la realeza, Jessa? –le preguntó, arqueando las cejas–. Los ingleses también tenéis un monarca. Creo.

–La reina nunca me ha llevado a un país extranjero para una cena que ya hubiera sido igual de desagradable en el bar de la esquina.

–Solo será desagradable si tú quieres que lo sea –dijo él, provocándola con su paciencia infinita, como si supiera algo que ella desconocía. Esa vez sí que sonrió, pero su sonrisa estaba muy lejos de ser tranquilizadora–. Yo me encuentro muy bien.

–No sé por qué, pero eso no me tranquiliza en absoluto –dijo Jessa, soltando una carcajada de inquietud que los sorprendió a los dos.

Sus miradas se encontraron y el tiempo pareció alargarse como un elástico. Aquellas pupilas verdes y profundas la encadenaban como el más fuerte de los hechizos. La mirada de Jessa se posó en sus labios, tan duros y crueles; labios que podían dejarla sin aliento con una simple sonrisa.

De repente, supo la verdad. El velo tras el que se escondía se desvaneció en un abrir y cerrar de ojos. Estaba allí por él, por Tariq, por aquella pasión que la devoraba sin remedio por muchos años que hubieran pasado.

Mascullando un juramento, Jessa se puso en pie y fue hacia la barandilla de hierro forjado que enmarcaba el pintoresco bullicio de aquella ciudad encantadora. La verdad era tan fría como la noche de otoño.

Lo deseaba. Era inútil engañarse a sí misma. Estaba decidida a no estar en casa cuando enviara el coche a buscarla y, sin embargo, a las cuatro y media ya estaba en la ducha. Se había dicho que no contestaría a la puerta, pero había corrido hacia ella nada más oír el timbre.

–¿Qué sucede? –le preguntó Tariq de pronto. Su voz sonaba demasiado cerca, justo detrás.

Jessa cerró los ojos. Así podía fingir durante un instante que seguía siendo aquel amante mágico, en el que se podía confiar; aquel hombre en el que había creído ciegamente tantos años antes–. Sólo vamos a cenar en un lugar agradable. Es así de sencillo. ¿Qué es lo que tanto te incomoda?

–A lo mejor no me conoces tan bien como crees –le dijo con la voz cargada de la emoción que se empeñaba en esconder sin mucho éxito.

–Pues no es que no lo intente –murmuró Tariq–. Pero tú tienes tus secretos, ¿no?

De repente Jessa sintió sus vigorosas manos sobre los hombros, agarrándola con fuerza y palpando su piel encendida, lanzando dardos de fuego que le recorrían todo el cuerpo. Soltó un suspiro y bajó la cabeza.

A lo mejor aquello era inevitable. A lo mejor tenía que pasar, de alguna manera. Nunca había tenido oportunidad de decirle adiós a Tariq, su príncipe azul... Había huido al piso de una amiga, en Brighton. Quería despejarse y aclarar las ideas. El hombre al que amaba había desaparecido, y poco después se había enterado de que en realidad jamás había existido. Todo había ocurrido tan rápido... No tuvo tiempo de expresar lo que sentía, sabiendo que era el último momento que pasaban juntos.

De repente un sentimiento rebelde se abrió paso entre sus pensamientos. ¿Qué pasaría si aprovechaba la oportunidad en lugar de huir de ella? A lo mejor era ella quien realmente tenía que sacárselo de la cabeza, y no al revés.

Se dio la vuelta y se apoyó contra el pasamanos, ladeando la cabeza para poder mirarle directamente a los ojos.

¿Y si conseguía lo que deseaba?

Lo que deseaba era la última noche que nunca había tenido. Quería despedirse, asimilar de una vez por todas que no podía haber nada más entre ellos; tener algo para el recuerdo.

–Te daré una noche –le dijo, antes de perder las agallas.

Ya estaba dicho, y no había vuelta atrás.

Él se quedó de piedra. Su rostro perdió toda expresividad, pero sus ojos color jade relampaguearon.

Había logrado sorprenderle.

Bien.

–¿Qué? –le preguntó él, pronunciando cada sonido con sumo cuidado, como si creyera que no la había oído bien–. ¿Qué quieres decir?

–¿Es que tengo que repetirme? –dijo ella, deleitándose en su nueva posición de poder, saboreando las palabras. Ella tenía el control. Era ella quien decidía si quería arder en el fuego. Y después se marcharía sin más, y acabaría con él de una vez y por todas. Sería como empezar de nuevo, pasar página…

–No recuerdo que fueras tan lento en…

–Disculpa –dijo él, interrumpiéndola con educación y sonriendo sin alegría–. ¿Pero por qué has cambiado de opinión tan repentinamente?

–A lo mejor he considerado las cosas desde otro ángulo –dijo ella, levantando las cejas–. A lo mejor estoy interesada en las mismas cosas que tú. Dejar atrás el pasado, de una vez por todas.

–¿Por los viejos tiempos? –preguntó él. Se acercó un poco más. Su cuerpo formidable parecía abarcar toda la estancia. Todo su ser emanaba una tensión vibrante, y Jessa sabía que debía sentir miedo de lo que pudiera hacerle, de lo que pudiera hacerla sentir.

Jessa esbozó una vieja sonrisa que llevaba mucho

tiempo sin colorear sus labios; una sonrisa que expresaba algo inefable.

–¿Y a ti qué te importa? –le preguntó en un tono altivo, desafiándole.

Los ojos de Tariq se oscurecieron y su expresión se tornó muy seria.

–Tienes razón –dijo en un tono ronco y susurrante–. No me importa en absoluto.

Sus labios se estrellaron contra los de ella con furia y dulzura al mismo tiempo. Una vez más probó su sabor y, una vez más, perdió la razón por ella. Y sin embargo, sólo era un simple beso. Inclinando la cabeza, exploró la profundidad de su dulce boca, dejándose embriagar por su aroma femenino, sintiendo su cuerpo contra la piel. Suavidad contra dureza. Susurros sobre los labios…

Estaba preparado para seducirla, de haber sido necesario. Sin embargo, en ningún momento había esperado encontrarse con aquella mujer decidida y desafiante que lo hacía desearla aún más.

–Puedes estar segura de que esto es lo que deseas –le dijo él, levantando la cabeza y observándola con atención.

Los ojos de Jessa estaban velados por la pasión, y sus labios estaban hinchados de besos. Sin duda aquello pondría punto y final a todas aquellas noches tormentosas en las que se despertaba de repente, buscando el fantasma de una mujer que nunca estaba allí.

–¿Acaso te he pedido que pares? –le preguntó ella, en un tono atrevido. Levantó la barbilla y le miró con ojos decididos–. Si has cambiado de idea…

–No soy yo quien precisó de tantos juegos para conseguir su objetivo –le recordó él con la voz ronca por la pasión–. Yo hice mi proposición desde el principio. Nunca escondí nada.

–Depende de ti –dijo ella, arrugando los párpados con una expresión inquisitiva y desafiante.

Tariq la observaba sin dar crédito. ¿De dónde sacaba Jessa Heath aquella fuerza que teñía sus palabras? ¿Quién se creía que era? ¿Cómo osaba desafiarle de una forma tan directa y temeraria?

Nadie se había atrevido jamás a hacer algo parecido.

De repente, una alarma sonó en un rincón de su mente, pero él quiso ignorarla.

–Verás que la mayoría de las cosas, en realidad, dependen de mí –le dijo, recordándole que era él quien llevaba la voz cantante, por muy condescendiente que fuera cuando le venía bien.

Él era rey. No había nacido para ello y había pasado una buena parte de su vida entregado al vicio y al libertinaje, pero los últimos cinco años los había pasado enmendando sus errores. Se había convertido en el monarca que su tío siempre había querido para su patria; se había convertido en el sobrino que debería haber sido mientras estaba vivo.

Ninguna mujer insolente y descarada podría cambiar eso jamás, ni siquiera la que tenía ante sus ojos; un mero espectro del pasado, un vestigio de su vida licenciosa y ociosa. Sin embargo, para dejar atrás el pasado tenía que dejarla atrás a ella.

Jessa extendió un brazo y le tocó la mejilla. Una descarga de energía los recorrió por dentro.

–Podemos hablar, si eso es lo que quieres –dijo ella

en un tono calmo e inconsecuente, como si estuviera hablando de cualquier trivialidad.

No obstante, Tariq podía sentir el temblor que sacudía la palma de su mano, y que la delataba.

–Pero eso no es lo que yo quiero –añadió ella.

–¿Y entonces qué es lo que quieres?

–No quiero hablar –dijo ella claramente, sosteniéndole la mirada–. Y creo que tú tampoco, ¿no?

–Ah, Jessa –dijo él, con un suspiro. Una descarga triunfal le recorrió las entrañas e hizo vibrar su sexo.

Ella pensaba que era rival para él. Pensaba que podía desafiarle sin consecuencias, pero ya era hora de darle una lección. Muy pronto la tendría exactamente donde quería tenerla.

–No deberías desafiarme.

Ella ladeó la cabeza y, sin amedrentarse en lo más mínimo, sonrió.

Al verla Tariq perdió el control. La agarró sin pensar y la estrechó entre sus brazos.

Capítulo 7

NO ERA suficiente. Su sabor, su aroma, el tacto de su boca, sus manos, dibujando figuras sobre el pecho de Tariq. Él quería más.

–Quiero probar tu sabor –le susurró en árabe.

Jessa se estremeció, al entenderle perfectamente. Lo quería todo de ella. Quería verla rendirse ante él, sucumbir a la pasión desenfrenada, del pasado.

Pero sobre todas las cosas, quería verla desnuda.

Tariq deslizó los dedos por su cabello, sin dejar de besarla, despeinándola y arrancándole las horquillas. Su espesa melena de rizos cobrizos cayó alrededor de su rostro, cubriéndola como una cortina. Salvaje e indomable, justo como él la quería, como la tendría.

Tariq se separó un momento y se tomó un instante para contemplar su rostro. ¿Por qué llevaba tanto tiempo obsesionado con aquella mujer? No era una belleza, como muchas de las mujeres con las que había estado en el pasado. Su rostro nunca aparecería en las portadas de las revistas, ni tampoco en las pantallas de cine. Sin embargo, no era capaz de dejar de mirarla. Las tenues pecas que cubrían su nariz, las pestañas oscuras y pobladas que definían el contorno de sus ojos color canela, aquella boca hecha para el pecado… Ella era algo más que hermosa; era inquietante. Era… contagiosa… Se le había metido en las venas y corría por ellas como la sangre.

Tariq no tenía ni idea de dónde había salido aquella idea fantasiosa. De hecho, no hubiera estado allí de no haber sido por todas aquellas noches en las que se había despertado buscándola, deseando tenerla una vez más.

Tariq frunció el ceño y entonces lo hizo con más fuerza cuando ella se limitó a sonreír, aparentemente impasible ante él.

–Vamos –le ordenó, agarrándola del brazo sin admitir discusiones. La guió a través de la terraza y la hizo entrar en la silenciosa casa.

El servicio había encendido algunas lámparas que arrojaban suaves rayos de luz sobre los suelos de mármol. La condujo a través de un laberinto de galerías repletas de arte y salas de reuniones llenas de antigüedades extravagantes que abarcaban casi toda la planta más alta de la casa. Desde todas las estancias se podía contemplar la mejor vista del París nocturno, pero él apenas se daba cuenta.

–¿Adónde vamos? –le preguntó ella. Su voz no parecía esconder curiosidad alguna, como si todo aquello no le afectara en lo más mínimo.

Algo que Tariq apenas podía soportar.

En realidad no debería haberle importado en absoluto. Ella podía fingir cualquier cosa y él no tenía por qué dejarse atrapar en su juego. Sin embargo, apenas podía contener las ganas de gritarle. No podía aceptar que pareciera de hielo cuando él se moría por ella, incluso aunque todo fuera una farsa.

«Nada de esto importa, siempre y cuando consigas sacártela de la cabeza…», se recordó con frialdad.

Después de todo, a pesar de su absurda obsesión

con una sola mujer durante tanto tiempo, la verdad era que no tenía tiempo para ello. Tenía un país que dirigir. Nur estaba al borde de grandes cambios, pero los cambios nunca eran fáciles, sobre todo en esa parte del mundo. Siempre había un precio que pagar. Siempre habría algunos que preferirían aferrarse a las viejas costumbres, por miedo, dogmatismo o por pura cabezonería. Otros, en cambio, preferirían hacer desaparecer el viejo régimen, del que Tariq era el último superviviente, sin importar las consecuencias, el caos y el derramamiento de sangre.

Tenía disputas territoriales que resolver, consejos a los que asistir... Tariq amaba su árido y turbulento pero hermoso país más que a nada o nadie en el mundo, y era una gran traición para él verse involucrado con aquella mujer, sobre todo porque ella era la última con la que se había visto enredado en aquella época que no quería recordar; un tiempo de excesos y mala vida.

Tariq condujo a Jessa a la suntuosa suite principal, situada en la parte de atrás de la casa, y no la soltó hasta que no cerró la puerta tras de sí. ¿Seguiría siendo tan valiente cuando el juego llegara a su fin? ¿Acaso se atrevería a seguir con aquella absurda farsa?

Ella avanzó unos pasos, con la cabeza baja y las manos entrelazadas por delante, como si estuviera escuchando sus propios pensamientos, o rezando quizá... Demasiado tarde para eso. Tariq recorrió su espalda con la mirada hasta llegar a la suave curva de sus caderas. El vestido azul que llevaba resplandecía sutilmente en la penumbra y parecía reflejar el brillo de la opulencia que los rodeaba.

De repente ella se volvió y lo miró por encima del hombro.

Era como si la habitación se consumiera sobre las brasas. Tariq sólo podía pensar en el calor, las llamaradas de deseo, las ganas de perderse dentro de ella hasta que ya nada importara, excepto el sonido de su dulce voz al susurrar su nombre.

Ella guardó silencio. Le observaba con los ojos bien abiertos. Él fue hacia ella y usó las manos para palpar las partes de su cuerpo que ya había tocado con la mirada: su suave nuca, la sinuosa curva de la columna, aquel lugar turbador donde la espalda tomaba la curva de sus nalgas. Bajó las manos y le levantó el vestido lentamente, deslizándolo por sus piernas, dejando que el tejido le acariciara la piel. La habitación estaba en silencio. Sólo se oía el ruido de su respiración, y el leve susurro del tejido al deslizarse sobre la piel de ella. Él prolongó el momento para disfrutar un poco más de la sensación, el tacto del vestido sobre las palmas de las manos… Finalmente le sacó el vestido por la cabeza y lo arrojó a un lado. Ella se volvió hacia él y sus mejillas se colorearon del rojo más intenso. Como si sintiera vergüenza, intentaba cubrirse con las manos, pero entonces se detuvo. La expresión de su rostro no delataba nada excepto un rápido parpadeo de los ojos.

Vestida sólo con un sujetador de encaje negro que empujaba sus pechos turgentes hacia él, ella permanecía a su lado. Y Tariq apenas podía soportarlo. Las cremosas curvas que asomaban por encima de las copas de la prenda parecían gritar su nombre, invitándole a probarlas. Debajo no llevaba nada más que unas braguitas y unos taconazos de vértigo que la hacían parecer algo que no era, o que no había sido cuando él le había arrebatado su inocencia muchos años atrás. Deliciosa, decadente… Mía.

–Parece que voy a tomar el postre antes de la cena. –dijo Tariq, tratando de aplacar el arrebato posesivo que lo dominaba.

Deslizó un dedo sobre la delicada línea de su clavícula y palpó la hendidura en su piel para sentir los desbocados latidos de su corazón. Ella era un banquete privado, un derroche de exquisitez. El hecho de que tuviera otros motivos para hacer lo que estaba haciendo no le impedía disfrutarlo en toda su plenitud.

–A lo mejor yo también quiero postre –dijo Jessa. Su voz apenas revelaba un leve temblor, como si no estuviera completamente ruborizada y desnuda ante el hombre que la hacía temblar.

Quería hacerse la dura.

Tariq sonrió y la soltó de repente.

–Entonces, sírvete –le dijo, en un tono provocador.

Ella se movió hacia él, tambaleándose suavemente sobre los tacones, y entonces puso sus manos sobre él para palpar las duras planicies de su fornido pectoral a través de la camisa, probando la dureza que se había formado a lo largo de cinco años de entrenamiento. Un rey debía estar preparado para librar las mismas batallas que cualquier otro. Eso creía su tío, y Tariq había dejado de ser un playboy ocioso que visitaba el gimnasio para mantenerse en forma, para convertirse en un auténtico guerrero. Se quitó la chaqueta y la dejó caer en el suelo. Tariq cerró los ojos y se dejó llevar por el hambre que lo consumía mientras Jessa exploraba su nuevo cuerpo, fiero y duro; deslizando las palmas de las manos por sus hombros hasta llegar a las caderas. En ese momento le sacó la camisa del pantalón y empezó a desabrocharle los botones. Él la observaba mientras hacía esto; observaba cómo se mordía el labio inferior. Cuando hubo terminado, echó hacia atrás la camisa hasta descubrir su pecho.

Jessa soltó el aliento y él lo sintió como un cosquilleo sobre la piel que fue como una flecha hacia su miembro henchido, excitándolo aún más. Él no hizo ningún intento por ocultarlo, sino que siguió esperando, observando…

Ella levantó la vista en ese momento y sus miradas se enlazaron igual que con un beso. Tariq trató de hablar, pero las palabras no le salieron. No esperaba que ella tomara la iniciativa. Su rostro denotaba una profunda satisfacción femenina.

Rápidamente hizo un intento de agarrarla, pero ella lo sorprendió inclinándose adelante y poniendo su boca tentadora entre sus músculos pectorales.

Él masculló un juramento, en árabe. Y Jessa se sorprendió pensando que eso también lo hacía como un rey. Pero eso era lo de menos en ese momento. No podía dejar de probar su piel. Recorría su pectoral con besos inflamados, lamiendo los pequeños pezones masculinos que encontraba en su camino, riendo suavemente al oírle gemir. Se acercó aún más y apartó el suave tejido de la camisa del pecho de Tariq, quitándosela de los hombros, y dejando que cayera al suelo por detrás de él. Entonces sintió aquellos brazos fuertes y musculosos alrededor, apretándole los pechos y atrayéndola hacia él.

Y así quedaron unidos, piel contra piel, excepto por el sujetador que Jessa ya no podía soportar. Sentía un intenso calor en la entrepierna y la cabeza le daba vueltas. Trataba de respirar, pero apenas podía. Sentir su piel era como un sueño, revivir un viejo recuerdo de los más adorados. Llevaba cinco años sin sentirse así. Echaba de menos su piel, el calor adictivo de su cuerpo; un calor que la abrasaba por dentro y que la dejaba marcada, desesperada, ávida de más. Echó atrás la cabeza y entonces le escuchó murmurar unas palabras que no podía entender. Su aliento le rozaba la base de la nuca… Y después su lengua, sus labios, sus dientes… Él la envolvía, la abrazaba, la exploraba, buscando las curvas y los rincones, palpando cada resquicio, masajeando, pellizcando, llevándola al borde de la locura.

Así había sido siempre; una avalancha de desenfreno que la arrastraba hacia el placer más intenso y adictivo; el placer que sólo Tariq podía darle. Pero ella nunca tenía suficiente. No podía pensar con claridad, y tampoco podía imaginar una razón por la que debiera hacerlo. Era así cómo le recordaba, duro, viril, dominante…

«Cuidado», dijo una voz desde un rincón de su mente. Jessa se apartó del borde del precipicio y parpadeó con fuerza para disipar la nube de pasión que la envolvía. Era tan fácil caer en la tentación con él… Era demasiado fácil olvidar.

Levantó la cabeza y le miró a los ojos. Él la observaba con gesto duro y fiero. Ella sintió un temblor en lo más profundo de su ser; advertencia o deseo… No lo sabía, pero no importaba. Ella era quien había tomado la decisión. No era débil, no maleable, ni vulnerable. Ella también sabía cómo llevar la voz cantante. Y estaba dispuesta a hacerlo.

–¿Te lo has pensado mejor? –le preguntó él de repente, en un tono áspero, lleno de pasión.

Jessa se apretó contra él de forma inconsciente.

Los ojos de Tariq brillaban peligrosamente.

–En absoluto –dijo ella. Se separó un poco de él y entonces le sostuvo la mirada con todo el coraje que era capaz de reunir.

«Soy fuerte, no débil», parecía querer decirle.

Bajó las manos y fue directa a sus pantalones. Le desabrochó el cinturón, también el botón, y entonces tocó su duro abdomen con los nudillos, notó el roce del vello que rodeaba su miembro viril. Después le bajó la cremallera lentamente, deslizándola con facilidad sobre su protuberante sexo hasta liberarlo por fin.

Jessa lo agarró con ambas manos. Él gimió.

Ella empezó a acariciarle suavemente, y entonces él jadeó con más fuerza, buscándola, enredando las manos en su espesa melena.

Jessa siguió masajeando, ignorando su reacción, palpando el calor abrasador que ya inundaba su propio sexo, derritiéndola por dentro. De pronto él la agarró de las mejillas con ambas manos y se acercó como si fuera a darle un beso, pero entonces se detuvo a un milímetro escaso de su boca.

La joven sintió que el corazón le daba un vuelco y sintió cómo vibraba su potente miembro entre las manos.

–¿Es éste otro de tus juegos, Jessa? –le preguntó.

–Ésta es mi noche –dijo y entonces sintió que él la agarraba con más fuerza–. Mi juego –añadió, sin dejarse intimidar.

–¿Sí? –le preguntó él en un tono burlón–. A lo mejor deberías decirme cuáles son las reglas de este nuevo juego antes de empezar.

–Sólo hay una regla –dijo ella en un tono impasible–. Aquí mando yo.

En ese instante una llamarada de fuego iluminó los ojos de Tariq; una llamarada que la hizo temblar hasta tambalearse.

Haciendo alarde del porte imperial que lo caracterizaba, arrogante y soberbio, Tariq la miró como si no comprendiera ni una sola palabra de lo que había dicho.

Jessa contuvo el aliento.

–¿Y eso qué quiere decir exactamente? –le preguntó en un tono de advertencia–. ¿Me voy a despertar en mitad de la noche, atado a la cama?

Jessa se imaginó la escena y sonrió para sí al pensar en lo maravilloso que sería tenerle completamente a su merced.

Volvió a acariciar su delicado miembro una vez más y entonces vio cómo se hacía añicos su arrogancia.

–Si eso es lo que yo quiero, entonces sí –le dijo sin pensar–. Ni finjas que no vas a disfrutarlo.

–¿Y qué pasa con lo que yo quiero? –preguntó él, tirándole de un rizo con un gesto desenfadado.

Ella se encogió de hombros.

–¿Qué pasa con eso?

–Jessa…

Sin dejarle terminar, ella se agachó delante de él y, lejos de sentirse sometida o perdida, supo que tenía el control.

Como una diosa.

–Jessa… –dijo él de nuevo, pero esa vez su nombre no era más que un rezo, un deseo…

Ella sonrió y puso los labios sobre su potente miembro.

Capítulo 8

JESSA le oyó suspirar, o quizá decir su nombre una vez más, en un tono casi inaudible. Era excitante. Podía sentir cómo palpitaba su propio sexo al ritmo de las poderosas embestidas de él. De pronto él gimió y la hizo sentir poderosa.

–Suficiente –dijo y se soltó de ella.

Jessa se echó hacia atrás, sorprendida.

–Yo soy la que decide cuándo es suficiente –le respondió, fulminándole con la mirada–. No tú. ¿Acaso has olvidado ya que yo soy la que manda?

–No he olvidado nada –respondió él en un tono áspero–. Pero a lo mejor tú sí que has olvidado que yo no estaba de acuerdo.

–Pero tú…

–Después –dijo él, interrumpiéndola.

Se arrodilló en la alfombra, frente a ella. Al mirarle a la cara, Jessa pudo ver la locura que había en sus ojos, y la pasión que teñía sus rasgos, ahora fieros y sobrecogedores.

Quiso objetar algo, pero él se inclinó hacia ella y selló sus labios con un beso. Le sostenía la cabeza con ambas manos, manteniéndola atrapada, pero ella no iba a resistirse. La hizo ladear la cabeza como más le convenía y la besó con frenesí, tomando el control.

Tariq deslizó una mano por la espalda de Jessa

hasta llegar a la curva de su trasero, y entonces volvió adelante y comenzó a tirarle de las braguitas. Un momento después, se oyó cómo se desgarraba la tela y, antes de lo que podía imaginar, quedó completamente desnuda frente a él, excepto por el sostén que aún llevaba.

Pero Jessa no dijo ni una sola palabra. No era capaz de hablar. Le costaba respirar, pensar... Tariq deslizó los dedos por su entrepierna, trazó el contorno de su sexo y después dibujó una línea imaginaria sobre su caliente humedad. Sus ojos verdes la tenían prisionera.

Lentamente comenzó a tocar el centro de su feminidad con suma delicadeza y Jessa sintió una nueva oleada de calor que la hizo estremecer.

–Perdóname, pero no puedo esperar a que termines de jugar conmigo –le dijo. Sin embargo, no había vergüenza en sus ojos, sino arrogancia.

Sin darle tiempo a replicar, deslizó las manos sobre su torso y la levantó en el aire como si no pesara más que una pluma, colocándola a horcajadas sobre sí mismo.

–Tariq... –Jessa no sabía qué quería decir, o cómo decirlo.

Sin decir nada, él movió las caderas y la penetró hasta el fondo.

–Sí –dijo él, gimiendo, con el rostro contraído por el placer.

–Por fin.

En ese momento Jessa se dio cuenta de que lo había dicho en alto. Los pechos se le hinchaban por momentos contra su prisión de encaje y se frotaba furiosamente contra el duro pectoral de él, incapaz de parar, insatisfecha.

De nuevo.

Por fin.

La perfección del acto, de sus cuerpos fusionados, era arrolladora. No recordaba haberle rodeado el cuello con ambos brazos, pero sus manos estaban sobre la nuca de él. Los recuerdos, también la abrumaban. Cuántas veces se habían abandonado a aquel desenfreno en el pasado…

Ya era capaz de recordar por qué había tirado por la borda toda su vida por ese hombre. Ya recordaba por qué había dejado que Tariq la rompiera en mil pedazos y la tirara a la basura como a una muñeca rota. No se había dado cuenta de lo que estaba ocurriendo hasta que ya era demasiado tarde. La gloria de aquel momento, la conexión, la unión, era como una descarga de adrenalina.

Y entonces él empujó con fuerza y decisión, y Jessa se deshizo a su alrededor. Empujó una y otra vez, haciéndola enloquecer. Ella gemía contra él mientras su propio cuerpo explotaba en mil pedazos de fuego. Y entonces el mundo desapareció a su alrededor y sólo quedó el aroma y el sabor de Tariq en sus labios, el roce de su miembro…

–Vuelve conmigo –le dijo él en un tono duro, pero íntimo–. Ahora.

–He terminado –dijo ella a duras penas, con los ojos aún cerrados y la cabeza apoyada sobre el hombro de él.

Lo que realmente quería decir era que estaba exhausta, muerta de cansancio.

–Pero yo no –dijo él, cambiando la postura y agarrándola del trasero con una mano–. Agárrate a mí –le dijo.

Jessa estaba tan embriagada y aturdida que no pudo

sino obedecer. Puso las manos sobre sus hombros y entonces todo giró a su alrededor. Un segundo más tarde estaba tumbada boca arriba, y él estaba entre sus piernas, dentro de ella, tan grande y tan duro.

Tariq inclinó la cabeza y tomó uno de sus duros pezones con los labios, succionando a través del tejido del sujetador. Jessa gimió. Una nueva llamarada de placer la atravesaba de pies a cabeza. El leve roce del encaje y el calor húmedo de su boca eran demasiado para ella. Él se rió suavemente y empezó a mover las caderas, abriéndose camino dentro de ella con gran destreza.

Jessa se arqueó contra él y levantó las caderas para recibir cada una de sus embestidas. Sus cuerpos se movían en perfecta sincronía. Una vez más, el fuego creció en su interior hasta consumirla por completo. La tormenta se estaba formando y los relámpagos de placer anunciaban un gozo inimaginable.

–Déjate llevar –le dijo él de repente en un tono fiero, mirándola intensamente.

–Pero tú… y yo…

¿Cómo iba a concentrarse en lo que quería decir cuando todas las células de su cuerpo se habían vuelto incandescentes?

–Te lo ordeno –añadió él.

Jessa abrió los ojos. Tariq sonrió y entonces metió la mano entre sus cuerpos y la tocó, llevándola al borde del éxtasis una vez más.

Pero esa vez no se detuvo. No esperó. Continuó empujando, con mesura y firmeza, hasta que los gemidos de ella se convirtieron en jadeos ahogados.

–Una vez más –le ordenó, con los ojos brillantes.

–¡No puedo!

–Sí puedes.

Se inclinó hacia ella, apartó el encaje del sujetador de uno de sus pechos y comenzó a lamerla, con los labios, con la lengua, con los dientes…

Jessa se estremeció.

–Sí puedes –repitió él, mirándola.

Y ella le obedeció, arrastrándolo con ella.

A Jessa le llevó mucho tiempo volver a la tierra y, cuando por fin lo hizo, él seguía tumbado sobre ella, apretándola contra el suelo.

Tenía miedo de pensar en todo lo que acababa de pasar. Tenía miedo de enfrentarse a ello.

Tariq se movió y se apartó de ella. Se incorporó y volvió a ponerse los pantalones. Mientras le veía hacerlo, Jessa trató de incorporarse también. ¿Eso era todo? ¿Ahí acababa su noche de placer?

Volvió a ponerse el sostén y, al ver lo que quedaba de sus braguitas, tragó en seco. Bajó la vista y, para su sorpresa, vio que aún llevaba puestos sus tacones de vértigo.

A su lado, Tariq se puso en pie con un movimiento rápido. Se dio la vuelta y la miró con una expresión indescifrable.

De repente, la realidad la golpeó en la cara como un puño. Jessa Heath, semidesnuda sobre una alfombra de un valor incalculable.

El silencio se hizo interminable, insoportable. Ella todavía podía sentirlo entre las piernas y, sin embargo, la persona que tenía delante en ese instante, era un perfecto desconocido, hecho de piedra; un ángel vengador preparado para asestar el golpe de gracia.

–Gracias –le dijo en su tono más cortés, recordándose a sí misma que ya había sobrevivido una vez.

Podía hacerlo de nuevo.

–Eso es exactamente lo que quería –añadió, mirándole con orgullo y soberbia.

–Me alegra oír eso –dijo él en un tono irónico–. Tus deseos son órdenes para mí –dijo, burlándose de ella abiertamente.

–Sí, bueno –dijo ella, poniéndose en pie y buscando su vestido con la mirada. Lo encontró en el suelo a unos metros de distancia, hecho un bulto arrugado–. Ojalá fuera cierto. Tendrías que ser otro hombre, ¿verdad? –fue hacia el vestido.

–Jessa –dijo en un tono inconfundiblemente autoritario.

Ella sabía que debía ignorarle, recoger sus cosas y marcharse sin más, pero no podía hacerlo. Levantó la vista y se enfrentó a él.

–¿Qué estás haciendo? –añadió él.

–Mi vestido… –lo señaló con el dedo, pero no fue capaz de darle la espalda a Tariq, no cuando él la miraba de esa forma, tan serio y misterioso.

–No lo vas a necesitar.

–¿No?

Él no se movió, pero no apartó la vista de ella.

–Aún no hemos terminado –le dijo en un tono impasible–. No hemos hecho más que empezar.

Capítulo 9

TARIQ estaba parado junto a la ventana, contemplando la ciudad. Los primeros rayos del sol anunciaban el amanecer, tiñendo de rosa los famosos tejados de París. Sin embargo, él apenas veía lo que tenía ante sus ojos. Detrás, Jessa dormía en la enorme cama situada en el centro de la espaciosa habitación. Su cuerpo desnudo mostraba los signos del fragor amoroso de la noche. Estaba dormida. No necesitaba verle los ojos para saberlo. Si se despertaba, lo sabría por el leve cambio en su respiración. Era como si su propio cuerpo estuviera conectado al de ella. A lo mejor eso era inevitable después de una noche tan intensa, pero no… Era algo más que eso. Él había vivido una vida de excesos durante muchos más años de los que quería recordar, y había pasado muchas noches de sexo extremo. Sin embargo, jamás había sentido un vínculo tan fuerte con una mujer; un vínculo que le traía sin cuidado, porque le recordaba todo aquello que tanto se había esforzado por olvidar.

–Me haces sentir vivo –le había dicho en una ocasión mucho tiempo antes; una afirmación temeraria.

Ella se había reído, desnuda y preciosa. Su rostro estaba lleno de luz y alegría.

–Estás vivo –le había susurrado ella al oído, abrazándole.

Tariq había perdido la cuenta de todas las veces que habían hecho el amor la noche anterior. Lo único que sabía con certeza era que había dormido muy poco porque estaba mucho más interesado en redescubrir ese cuerpo que lo había obsesionado durante tantos años.

–Esto es un festín –le había dicho Jessa en algún momento, mientras estaban sentados en la sala de estar, semidesnudos, comiendo un poco de la cena que habían ignorado al comienzo de la velada.

Le había sonreído con gesto desenfadado y relajado, completamente cómoda con su presencia, con las piernas cruzadas y el cabello suelto sobre los hombros. Parecía tan libre… Como siempre, como antes…

–Sí lo es –le había contestado él, aunque en realidad no se estaba refiriendo a la comida.

Los recuerdos del pasado lo asediaban y lo devolvían a una época que quería olvidar. Tocarla, probarla, besarla, respirar su aroma… Aquellas cosas habían desencadenado algo en su interior que él siempre había intentado ocultar, no sólo a los demás, sino también a sí mismo.

Sus padres habían muerto en un accidente de coche cuando no era más que un niño. Apenas recordaba un puñado de instantáneas fugaces; una sonrisa esporádica de su padre, el cabello de su madre… Lo habían llevado a palacio y su tío se había hecho cargo de él; su tío, el rey de Nur. Se había criado con sus primos, los príncipes de Nur. Su tío era la única familia que había conocido, pero siempre había sido consciente de que no era su padre. Y de igual manera, siempre había sabido que sus primos estaban destinados a ser los futuros líderes del país, entrenados para ello desde el momento de su nacimiento.

–Tus primos tienen responsabilidades para con nuestro pueblo –le había dicho su tío cuando aún era un niño.

–¿Y cuáles son mis responsabilidades? –le había preguntado el pequeño Tariq de entonces.

Su tío se había limitado a sonreír, le había dado una palmada en la cabeza, y Tariq lo había entendido. Él no era importante, no de la misma forma que sus primos.

Y así, se dedicó a hacer lo que le venía en gana. Muchas veces le había dicho su tío que tenía algo más que ofrecer al mundo; algo más que coches caros y modelos europeas, pero él siempre había hecho oídos sordos a los sabios consejos del rey de Nur.

Atrás habían quedado los amargos sentimientos de la infancia; la idea de que era un marginado en su propia familia, la oveja negra que todos toleraban, pero que en realidad no era uno de ellos.

Sabía que se preocupaban por él, pero también sabía que para ellos no era más que una obra benéfica; un deber, un compromiso…

Tariq oyó moverse a Jessa y se dio la vuelta para ver si se había despertado. Pronto llegaría el momento de tener una conversación que no deseaba mantener en absoluto.

La observó un instante, pero ella sólo se acomodó en una posición distinta y continuó durmiendo plácidamente.

Se volvió de nuevo hacia la ventana y continuó mirando al vacío mientras rememoraba el pasado. Había conocido a Jessa en el verano en que su tío, finalmente, había decidido poner fin a su libertinaje. No podía amenazarle con desheredarle o algo parecido, porque Tariq había cuadruplicado su fortuna gracias a su destreza en el terreno de las inversiones. Sin embargo, el anciano rey aún guardaba algún as bajo la manga.

–Tienes que cambiar tu vida –le había dicho, frunciendo el ceño desde el otro lado de la mesa situada en aquel balcón, desde el que se veían los acantilados.

Le había hecho acudir al caserón que la familia real tenía en su isla privada del Mediterráneo, cerca de la costa de Turquía.

Tariq sabía que la conversación no iba a ser agradable, pero siempre había sido capaz de aplacar el enfado de su tío en el pasado, y confiaba en ser capaz de volver a hacerlo una vez más.

–¿Y cómo tengo que hacerlo? –le había preguntado Tariq, encogiéndose de hombros, viendo cómo batían las olas al pie de los acantilados.

Entonces tenía treinta y cuatro años y estaba hastiado de la vida, profundamente cansado de todo.

–Tengo una vida envidiable para muchos.

–Tienes una vida vacía –le había dicho su tío–. Una vida sin sentido –había añadido con un gesto, observando el atuendo sofisticado y refinado de su sobrino–. ¿Qué eres? No eres más que otro jeque playboy al que todo el mundo desprecia, y gracias a los cuales pueden confirmar las peores sospechas sobre nuestro pueblo.

–Eso ocurre hasta el momento en que necesitan mi dinero –le había respondido Tariq con frialdad–. Entonces se vuelven muy respetuosos y agradables. Es increíble.

–¿Y eso es suficiente para ti? ¿No aspiras a nada más? ¿Tú? ¿Llevando la sangre real del reino de Nur en tus venas?

–¿Y qué quieres que haga, tío? –le preguntó Tariq, impaciente, aunque no se atreviera a demostrarlo.

Ya habían tenido esa conversación en muchas ocasiones, por lo menos una vez al año desde que Tariq se había marchado a la universidad, donde, para mayor decepción de su tío, no había emprendido sus estudios con el mismo ahínco con el que se acercaba a las jóvenes de su clase.

–No haces nada –le había dicho su tío de forma tajante, en un tono serio que jamás le había oído utilizar con él–. Juegas con el dinero, y a eso lo llamas carrera, pero no es más que una farsa. Ganas, pierdes... No es más que un juego para ti. Eres una criatura egoísta. Te diría que te casaras, que honraras a tu familia y cumplieras con tu deber como vástago de la estirpe real de Nur, igual que tus primos, ¿pero qué ibas a ofrecerle a tus hijos? Apenas eres un hombre.

Tariq apretó los dientes. No era sólo su tío el que le hablaba, sino el rey de Nur, así que no le quedaba más remedio que tolerarlo.

–Te lo preguntaré una vez más –logró decir al final, luchando por mantener la calma y el buen tono–. ¿Qué quieres que haga?

–No se trata de lo que yo quiera –le dijo su tío, en un tono de profunda decepción–. Se trata de quién eres. No puedo obligarte a hacer nada. No eres mi hijo. No eres mi heredero.

Aunque no fuera más que la verdad, aquellas palabras dolían, se clavaban como dagas que llegaban hasta el hueso.

–Pero ya no serás bienvenido en mi familia a menos que contribuyas a mantener su honor de alguna manera –le dijo su tío, mirándole fijamente, con gesto serio y sombrío–. Tienes seis meses para demostrármelo. Si no has cambiado para entonces, me desentiendo de ti y ya no serás parte de esta familia –sacudió la cabeza–. Y tengo que decirte, sobrino, que no albergo muchas esperanzas.

Tariq había abandonado la mansión aquella misma noche, decidido a alejarse lo más posible de su tío y de aquellas palabras hirientes. Por fin había pronunciado las palabras que Tariq tanto había temido oír. No era su hijo, no era su heredero. No era más que un miembro dispensable de aquella familia, un huérfano, recogido de la calle; un deber benéfico dictado por la tradición y la ley. No compartía nada con ellos excepto su sangre; si es que eso significaba algo.

Nunca jamás se había sentido tan alienado y perdido como en ese momento. Estaba furioso, amargado, dolido…

Y entonces había conocido a Jessa, y ella lo había amado.

Sabía que ella lo había amado, desde el principio y sin condiciones. Ella lo había hechizado con la fuerza de su fervor y también con su sencillez; su incapacidad para esconder sus sentimientos, sin dobleces ni estratagemas sofisticadas. Muchas mujeres se habían enamorado de él en el pasado, o eso decían, pero él sospechaba que en realidad se habían enamorado de su cuenta bancaria. En cuanto a él, jamás había querido a nadie. Había mentido acerca de quién era. La rabia que sentía lo había hecho distanciarse de sus raíces de esa manera, como si eso pudiera aplacar la furia de su tío… Pero ella nunca había notado nada…

–Confías en la gente con demasiada facilidad –le había dicho una noche, mientras hacían el amor junto al hogar.

–¡No! –había exclamado ella, riendo. Sus ojos dulces y cálidos eran del color de la canela–. ¡Yo me las sé todas!

–Si tú lo dices –había murmurado él, jugando con sus rizos, enredándoselos en los dedos.

Al principio había esperado que cambiara, como hacían todas en cuanto se enteraban de quién era él. Había esperado aquellas primeras señales; miradas cómplices, sutiles argucias para sacarle dinero, un coche nuevo, un apartamento en un barrio distinguido… Sin embargo, ella nunca había cambiado. Simplemente lo había amado.

–Confío en ti, Tariq –le había susurrado al oído, sin dejar de sonreír, y entonces le había besado, con toda la inocencia y la pasión que guardaba en su dulce cuerpo juvenil.

Cuando ella lo miraba con aquellos enormes ojos color canela, ojos que le recordaban el hogar al que no podía volver, se sentía como el hombre que debería haber sido.

Pero entonces ella desapareció sin más. Y antes de que pudiera hacer algo al respecto, su tío y sus primos murieron de la manera más terrible. Así, no tuvo más remedio que enfrentarse a la realidad. ¿Qué era el amor de una chiquilla encaprichada en comparación con la responsabilidad de un país que dirigir? Las últimas palabras de su tío… Aquellas palabras crudas e hirientes… Ya no iba a tener oportunidad de demostrarle lo contrario. Ya nunca iba a poder demostrarle a su tío que sí podía ser un hombre, que también podía honrar a su familia y cumplir con su deber.

En ese momento se volvió hacia la cama y contempló las sinuosas curvas de su cuerpo color marfil. Ella estaba tumbada de espaldas a él y la estrechez de su cintura resultaba más tentadora que nunca, aunque ya la hubiera hecho suya de todas las formas imaginables. En un principio sólo pretendía aplacar su deseo, hacerle el amor una vez más y pasar página de una vez y por todas... Había pasado años convenciéndose a sí mismo de que no era más que una espina clavada que se tenía que sacar.

No había esperado sentir nada más que lujuria.

Se había convencido de que no iba a sentir nada en absoluto.

–Eres un imbécil –se dijo a sí mismo, en un susurro.

Jessa Heath todavía lo tenía hechizado con su candidez, su forma de entregarse en cuerpo y alma, sin reservas.

Incluso aunque ya supiera exactamente quién era, seguía sin querer nada de él. De hecho, su verdadera identidad la hacía rechazarlo aún más. Pero aún se quebraba en mil pedazos cuando estaba en sus brazos, con el roce más leve de sus manos. Era como si ella estuviera hecha para él, como si todavía pudiera convertirle en ese hombre al que había visto en él cinco años antes; era como si en realidad fuera ese hombre, por fin, sólo cuando estaba con ella.

Por todo ello, la dejó dormir un poco más. Cruzó la habitación, se sentó a su lado y la contempló una vez más, sabiendo que una vez despertara, se rompería el hechizo. La realidad estaba a punto de golpearle en la cara con toda su fuerza para recordarle que necesitaba una reina.

Ella, en cambio, no era más que aquella chica que le recordaba una vida viciosa a la que no iba a volver.

La noche que acababa de terminar acabaría siendo otro sueño febril, un recuerdo más entre muchos que ya estaban encerrados en un oscuro rincón de su corazón, esperando a ser olvidados para siempre.

Jessa se despertó lentamente. Los primeros rayos de sol inundaban la habitación a través de los altos ventanales, iluminando la cama y haciéndola resplandecer desde dentro. Se tocó el cabello. Debía de tenerlo todo enredado después de semejante noche, una noche de desenfreno sin medida... Pero no podía pensar en eso en ese momento. Todavía no.

No cuando él seguía tan cerca.

Ya sabía que él estaba allí antes de verle, como si un sexto sentido se lo dijera. Se volvió y allí estaba él, justo donde pensaba que estaba; sentado al borde de la cama, gloriosamente desnudo, como un modelo que posa para una escultura. No la estaba mirando en ese momento, así que Jessa se tomó unos segundos para mirarle bien.

Parecía estar mirando hacia la ventana, con la mirada perdida.

Y entonces se volvió hacia ella. Su expresión era una incógnita; sus ojos verdes tenían un gesto solemne y tenía el pelo todo alborotado.

Una noche... Eso habían acordado, y la mañana había llegado por fin. El sol brillaba demasiado y lo mejor era dejarlo todo atrás de una vez.

–Bien… –dijo Jessa, intentando sonar decidida–. Ha llegado la mañana.

–Sí –dijo él, sin moverse, pero sin dejar de mirarla, poniéndola cada vez más nerviosa.

–De pronto me he dado cuenta de que estoy en Francia –dijo ella, mirando más allá de él y contemplando encantadoras calles parisinas–. Mucho más lejos de York de lo que esperaba. Espero que no te importe…

–Jessa…

Ella se sonrojó. Una furia incontenible se había apoderado de ella de repente. Cerró un puño y lo hundió en el colchón.

–Odio que hagas eso –le espetó–. No tienes por qué interrumpirme todo el tiempo. No me importa que seas un rey. No eres mi rey. Es de muy poca educación.

–Y, claro, yo no quiero parecer mal educado –dijo Tariq en un tono que le puso los pelos de punta–. Te he hecho llegar al cielo más veces de las que puedes recordar, y ahora me quieres dar una lección de…

–¿Qué te parece? –le preguntó ella, interrumpiendo–. Es frustrante, ¿no? Porque, obviamente, la persona que interrumpe piensa que lo que tiene que decir es más importante, que ella misma es mucho más importante.

–O a lo mejor la persona que está hablando está demasiado histérica y descontrolada –le dijo él en un tono imperturbable.

Jessa sintió unas ganas tremendas de escapar de allí. La noche ya había terminado y no tenía por qué seguir allí.

Giró las piernas rápidamente hacia el borde de la cama y se puso en pie, sin mirarle.

–Creo que voy a darme un baño –le dijo en un tono educado–. Y después tengo que regresar a York.

Echó a andar hacia el cuarto de baño, pero justo cuando pasaba por delante de él, él levantó una mano.

–Ven aquí –dijo suavemente.

Ella titubeó, pero entonces recordó que no tenía por qué tener miedo. Estaba a la altura de la situación. Había conseguido pasar la noche con él y nada malo había ocurrido. ¿Qué más podía hacerle?

¿Por qué estaba tan nerviosa?

Seria y recelosa, se dirigió hacia él. Había algo en su mirada que resultaba inquietante…

Sin levantar la vista del suelo, Tariq alzó las manos y las puso sobre las caderas de ella. Sus suaves dedos dibujaron figuras caprichosas hasta el ombligo de la joven y después volvieron a las caderas.

Jessa parpadeó varias veces y bajó la vista hacia él. Él levantó la mirada…

Y en ese instante Jessa supo con absoluta certeza lo que estaba haciendo.

El aire huyó de sus pulmones en una bocanada.

No la estaba tocando al azar. No la estaba acariciando. Estaba trazando las finas líneas blancas que marcaban su abdomen, las estrías que había tratado de quitarse tantas veces con cremas y lociones de todo tipo. De alguna manera, parecían más visibles que nunca a la luz del sol. La evidencia inconfundible de que había estado embarazada…

El mundo dejó de girar y el corazón de Jessa dejó de latir un instante. Tariq la taladraba con la mirada y sus manos la agarraban cada vez con más fuerza. Un pitido ensordecedor retumbaba en sus oídos y todo se había vuelto del mismo color, como si hubiera perdido el conocimiento un instante, pero no. No había tenido tanta suerte.

Y él esperó, esperó… hasta arrancarle todos los secretos del corazón.

Y entonces sus labios dibujaron una mueca que no era una sonrisa.

Ella quería hablar, gritar, defenderse, negarlo todo, pero estaba paralizada, congelada en el tiempo, viendo cómo el mundo llegaba a su fin en aquellos gélidos ojos color verde jade.

–Sólo tengo una pregunta para ti –le dijo por fin–. ¿Dónde está el niño?

Capítulo 10

EL INSTINTO le decía que echara a correr, que escapara de allí, pero Jessa no era capaz de moverse.

–¿Y bien? –le preguntó Tariq. Su voz sonaba como el soplido de una bala.

La miró fijamente y, al ver la expresión de su rostro, palideció–. ¿Has tenido un hijo mío?

La mente de la joven empezó a dar mil vueltas y una ola de pánico se apoderó de ella, agarrotándole el estómago y nublándole la vista.

«Piensa, piensa…», se dijo a sí misma.

–Te he hecho una pregunta –le dijo él en un tono cada vez más cortante–. No me hagas tener que repetirlo de nuevo.

Jessa respiró hondo.

–Ya te he oído –le dijo, con la voz atenazada por el miedo–. Pero es que no tengo ni idea de qué estás hablando.

Apretando los labios, él la soltó de repente y se puso en pie. Jessa retrocedió unos pasos, decidida a poner algo de distancia entre ellos. Rodeó la cama y se cubrió con una sábana.

–¿Es así como quieres jugar? –le preguntó él, con una mirada tan negra como la noche, como si nunca hubiera susurrado su nombre con pasión tan sólo unas horas antes–. ¿Crees que va a funcionar?

–¡Creo que estás loco! –le espetó ella.

–¿Crees que soy imbécil? –le preguntó, sacudiendo la cabeza lentamente. Cada músculo de su cuerpo estaba en tensión, conteniendo la furia–. Puedo ver los cambios en tu cuerpo con mis propios ojos. ¿Cómo explicas eso?

–¡Cinco años! –gritó, alzando una mano al aire, fingiendo exasperación.

No podía dejarle ver el auténtico terror.

–Yo no te he dicho de qué forma ha cambiado tu cuerpo, pero te puedo asegurar que no es el mismo que hace cinco años.

Él la fulminó con una mirada de hierro que la golpeó con la fuerza de un puño.

–Sé que estás mintiendo –dijo Tariq–. ¿Acaso crees que soy idiota? La cara te ha cambiado en un momento. ¡Pareces una completa extraña! ¿Dónde está el niño? En tu casa no vi ningún rastro de él.

Temblando, Jessa se aferró a lo que más importaba. No sabía nada concreto acerca de Jeremy.

Sólo sabía que el niño existía, pero nada más.

–¿No vas a contestar a mi pregunta? –le dijo, como si no pudiera creérselo–. Tu cuerpo te delata, Jessa. Ya no puedes esconderte –le dijo, en un tono inflexible y descarnado. Ya no era el amante apasionado, sino el rey cruel y despiadado.

–¿Me has visto con algún niño? –le preguntó ella, apretando los puños y confiando en que él no lo notara.

–Desmenuzaré tu vida en mil pedazos si hace falta, pero averiguaré la verdad –le dijo, amenazante y tajante. Sus ojos escupían chispas–. No puedes esconderte de mí, no puedes esconderme nada de ti. ¿Es eso lo que quieres?

–¿Y por qué te molestas en preguntarme lo que quiero? –dijo ella, con un nudo en el estómago–. No me preguntaste qué quería cuando me abandonaste y arruinaste mi vida hace cinco años. No me preguntaste qué quería cuando reapareciste en mi vida. ¿Por qué fingir que te interesa saber qué quiero ahora? –se encogió de hombros, sosteniéndole la mirada con el coraje de que no sentía–. Si quieres averiguarlo todo sobre mí, adelante. ¿Qué podría hacer yo para detenerte?

Él frunció el ceño aún más.

–¿Crees que sigo jugando contigo? –le preguntó, alzando la voz cada vez más–. ¡No tienes derecho a ocultarme a mi hijo! ¡El heredero de mi reino!

Jessa se recordó que en realidad no sabía nada. Sólo albergaba meras sospechas.

No sabía nada.

–¡No tienes derecho a hablarme así! –le gritó, furiosa.

–¡Dónde está el niño! –gritó él.

Jessa se tambaleó un instante, pero no se dejó amedrentar. Tenía que proteger a su hijo. No iba a decirle ni una palabra.

Sacudió la cabeza. Había demasiadas emociones luchando en su interior. Todo era demasiado complicado, turbulento.

–Jessa –esa vez no había rabia en su voz, sino algo parecido a la desesperación–. Tienes que decirme qué pasó. Tienes que hacerlo.

Pero ella ya no podía decir ni una palabra más, y tampoco podía mirarle a los ojos.

Sólo podía mentir y seguir mintiendo.

–No me detendré ante nada para encontrar a mi hijo –le dijo él suavemente. Había algo en su voz que resultaba espeluznante, como si estuviera haciendo un juramente.

Dio un paso hacia ella.

–Llevo cinco años creyendo que mi sangre, que mi familia, se acababa conmigo, Jessa. Llevo cinco años creyendo que era el último. Si no es así…

No llegó a terminar, pero en realidad tampoco tenía que hacerlo.

Jessa seguía sin poder hablar. Era como si todo en su interior se hubiera cerrado a cal y canto.

–No puedes guardar silencio para siempre –dijo él, azotándola con sus palabras–. Pero no dudes ni por un instante que sólo hay un resultado posible para todo esto. Lo averiguaré todo. La única incógnita es hasta qué punto tendré que destruir tu vida para conseguirlo.

–¡No trates de apabullarme! –gritó ella, sorprendiéndose a sí misma con aquel arrebato de valentía.

–¿Crees que te estoy apabullando? –exclamó él en un tono de incredulidad, pronunciando la palabra como si fuera la primera vez que la oía.

–Amenazar, intimidar –dijo Jessa, tocándose la frente–. ¿Hay alguna otra forma de decirlo?

–No te estoy amenazando, Jessa –le dijo él con firmeza y un toque de crueldad–. Te estoy diciendo exactamente lo que te va a ocurrir si insistes en seguir por este camino. No tienes derecho a ocultarme la verdad. Esto no es una amenaza. Es una promesa.

–¿Qué clase de hombre eres? –susurró ella, sin saber muy bien por qué lo decía. En ese momento quería gritar, llorar...

Sus miradas se encontraron un instante. Él la observaba como si fuera la primera vez que la veía, como si fuera una extraña.

En ese momento Jessa se dio cuenta de que nunca hubiera querido sentirse responsable de su dolor, porque también le dolía a ella. Sin embargo, esa certeza no hizo sino contribuir al torbellino de emociones que amenazaba con hacerla perder el control.

Tariq apartó la vista, como si tuviera que prepararse para hacer algo de lo que iba a arrepentirse.

–Te sugiero que te lo pienses mejor.

De pronto, Jessa habló antes de pensar.

–Y yo te sugiero que…

–¡Basta! –él alzó un brazo en el aire y masculló algo en árabe–. Ya estoy harto de escucharte.

Sin volver a mirarla de nuevo, se dirigió hacia la puerta del dormitorio.

Jessa se quedó estupefacta. Una ola de alivio la recorrió por dentro. ¿Acaso se iba? ¿Eso era todo? ¿Iba a tener tanta suerte?

–¿Adónde vas? –le preguntó porque quería confirmarlo.

–Por extraño que te parezca, tengo asuntos que resolver –le dijo en un tono furioso–. ¿O crees que mi país se detendrá para que tú puedas seguir jugando a tu estúpido juego? Dejamos esta conversación para otro momento.

–No voy a sentarme a esperarte para que puedas seguir insultándome luego –dijo ella, en un tono desafiante–. Me voy a casa.

Ya junto a la puerta, él se volvió bruscamente.

–Vete adonde quieras… –le dijo en un tono de advertencia–. Y verás lo que pasa –dio media vuelta y abandonó la habitación.

De repente, su ausencia dejó un agujero negro en la habitación que amenazaba con tragársela a ella también. No podía moverse. Pensaba que él iba a volver en cualquier momento.

Finalmente, cuando vio que él no iba a regresar, fue hacia el borde de la cama y se sentó en ella, lentamente y con cuidado, como si no fuera capaz de asimilar lo que acababa de ocurrir. Se llevó una mano a la boca y entonces se dio cuenta de que estaba temblando de pies a cabeza.

Estuvo a punto de llorar, pero se tragó las lágrimas. No podía romperse en mil pedazos. No estaba segura simplemente porque él se hubiera marchado un rato. Volvería. De eso no había duda.

«Jeremy también es su hijo...», dijo una voz traicionera desde un rincón de su mente, y entonces Jessa sintió aquel viejo dolor que tanto le había costado superar, el dolor de aquello que podría haber sido y nunca fue.

Si él hubiera resultado ser quien decía que era... Si ella no hubiera estado tan encaprichada... Si no hubiera sido tan idiota... Si hubiera sido capaz de cuidar de su bebé como él se merecía... Si...

Apretó los puños y se puso en pie, ignorando los temblores que le sacudían las rodillas. Tariq volvería, y no quería ni imaginar qué nuevo as guardaría bajo la manga a su regreso.

No estaba segura de ser capaz de sobrevivir a otro enfrentamiento como el que acababa de ocurrir. De hecho, no estaba segura de haber sobrevivido en absoluto. Por lo menos, no había salido ilesa.

Pero no quería pensar en eso. No quería pensar en todo lo que había perdido. Lo único importante era Jeremy. Ya se ocuparía de sí misma más tarde.

Cuando Tariq volviera, ella ya estaría a miles de kilómetros de París.

Capítulo 11

CUANDO Jessa llegó a la estación de Lyon se dio cuenta de que no llevaba dinero encima. Salir de la casa, sin embargo, le había resultado sospechosamente fácil.

Después de darse una ducha rápida, buscó algo que ponerse, pues no podía volver a llevar el vestido de la noche anterior. Demasiados recuerdos… Tras abrir numerosas puertas con manos temblorosas; manos que saltaban cada vez que oía el eco lejano de una pisada, o un mero susurro de voces, encontró por fin lo que andaba buscando. Una casa tan grande debía de tener varias habitaciones de invitados y, por suerte, no tardó demasiado en dar con un vestidor repleto de ropa de mujer en diferentes tallas. Eligió unos pantalones de lana negros, una blusa gris de un tacto exquisito, y una chaqueta negra a juego; todo lo más discreto posible. Tras arreglarse un poco el cabello, la mujer del espejo se convirtió en alguien con un aspecto distinguido y sosegado. Esperaba encontrar problemas al intentar salir de la casa, pero afortunadamente nadie la detuvo al descender la impresionante escalinata de mármol blanco que conducía a la puerta de salida.

Jessa salió a las elegantes calles de París. Hacía un poco de frío y una fina llovizna humedecía el ambiente. Sin saber muy bien adónde dirigirse, la joven echó a andar y, después de recorrer unas pocas manzanas, se encontró empapada en agua. Había empezado a llover con fuerza y su paso se aceleraba al mismo ritmo. No podía volver a York. Ése iba a ser el primer lugar en el que Tariq iba a buscarla.

En ese momento llegó a un amplio bulevar y reparó en el mapa que colgaba de un quiosco de prensa. Estaba en París, una de las ciudades más famosas del mundo y, sin embargo, no podía disfrutar de ella. Mientras caminaba, dio por fin con la solución que buscaba. Unos amigos suyos habían tomado un tren de París a Roma el año anterior, durante sus vacaciones. Roma estaba muy lejos de Jeremy, así que si Tariq iba tras ella, lo estaría distrayendo de su verdadero propósito. Encontró la estación de trenes en el mapa y decidió seguir andando hasta llegar a ella.

Caminó y caminó, recorriendo calles que sólo había visto en fotografías. Los zapatos prestados le hacían rozaduras en los dedos y golpeaban con fuerza el pavimento. Pasó por delante del Arco del Triunfo y también por los Campos Elíseos. El amplio bulevar resplandecía bajo la lluvia. Caminó y caminó, atravesando innumerables charcos en el Jardín de las Tullerías, repleto de turistas con enormes paraguas, y después de pasar por la calle de Rivoli, llegó por fin a su destino.

Ya estaba en la estación de trenes y tenía un buen plan en mente, pero no tenía dinero. La realidad, una vez más, se imponía con toda su fuerza. Había metido su tarjeta de crédito en el bolso de fiesta antes de abandonar su casa de York la noche anterior, pero había olvidado llevarlo consigo al salir de la casa de Tariq. Estaba demasiado concentrada en escapar como para reparar en los detalles.

Una vez más, estaba actuando como una idiota.

Todas las emociones que había intentado mantener a raya hasta ese momento se convirtieron en una ola gigante que la arrolló con la fuerza de un tsunami. Abrumada, se detuvo en mitad de la estación, enorme y abarrotada de gente. Las rodillas ya casi no la sostenían y las oleadas de pasajeros con prisas amenazaban con tirarla al suelo a cada momento. Todos se dirigían a los trenes, y esos trenes iban a lugares lejanos, lejos, lejos de Tariq. Pero ella estaba atrapada. ¿Y cómo iba a proteger a su hijo si ni siquiera podía tomar un simple tren para escapar de allí? Estaba empapada de lluvia, completamente sola en París… No tenía dinero, y la única persona a la que conocía en la ciudad era la última persona en el mundo a la que podía acudir en busca de ayuda.

¿Qué podía hacer?

De repente sintió una mano en el brazo y se dio la vuelta de inmediato.

–Disculpe… –empezó a decir.

Pero era él. Tariq.

Llevaba otro de sus oscuros trajes, hecho a medida y diseñado para realzar su magnífica espalda. La expresión de su rostro no auguraba nada bueno.

Jessa no trató de huir. Era inútil. No sería capaz de hacerlo. No era más que una miserable chica que había engañado a un hombre poderoso al que ya se le había agotado la paciencia.

Él la traspasaba con la mirada, como si le hubiera hecho algo abominable. Y Jessa odiaba esa mirada de desprecio. No podía soportarlo.

Sin embargo, lo que más aborrecía de todo era saber que una parte de sí misma se alegraba de verle, que esa misma parte traicionera de su propio ser deseaba que él la rescatara.

Aquello no tenía ningún sentido, pero era lo que sentía.

De pronto sintió el picor de las lágrimas en los ojos. Él seguía mirándola en silencio, implacable.

–Vamos –le dijo por fin en un tono desprovisto de rabia–. Tengo el coche esperando.

Aquella maldita mujer podía morirse de neumonía si continuaba allí, y eso no le convenía en absoluto, no cuando todavía tenía tantos secretos que sacarle. Al salir de la estación, dos de sus asistentes los cubrieron con sendos paraguas hasta llegar al coche. El conductor les abrió la puerta de atrás y entonces él mismo la ayudó a entrar en el vehículo. Después se sentó a su lado y la miró a un instante. Estaba empapada y el fino tejido de la blusa húmeda se ceñía sobre sus curvas, sin dejar nada para la imaginación. No obstante, él tampoco tenía necesidad de imaginar lo que aún podía sentir sobre los labios y en las palmas de las manos.

Sin decirle ni una palabra, le dio una toalla al tiempo que el coche se ponía en marcha.

–Gracias –dijo ella con un hilo de voz, educada y formal. Miró la toalla un momento y entonces levantó la vista.

Sus ojos parecían demasiado grandes; demasiado atormentados…

Para su propia sorpresa, Tariq se dio cuenta de que la rabia que había sentido tan sólo unas horas antes se había desvanecido. No era que hubiera olvidado lo que le había hecho, las mentiras que seguía diciéndole… Pero la furia que se había apoderado de él y le había llevado a alejarse de ella antes de darle rienda suelta había quedado reducida a un puñado de rescoldos que lo quemaban en lo más profundo de su ser, produciendo un dolor terrible que apenas podía soportar. La furia era un sentimiento muy fácil de sobrellevar, en comparación con aquella horrible sensación.

No sabía por qué sentía lo que sentía. Llevaba todo el día furioso, y su cólera se había intensificado cuando ella había abandonado la casa. Había dado orden de que la mantuvieran bajo vigilancia y, en vez de cumplir con sus obligaciones reales, había pasado horas pensando en ella, alimentando su odio…

Cuando por fin resultó evidente adónde se dirigía, pidió un coche y entonces sintió que estaba llegando al límite, pero, al llegar a la estación y verla allí, en medio de la gente, perdida y empapada, algo cambió en su interior. Atrás había quedado aquella mujer desafiante a la que le había hecho el amor toda la noche; la mujer que había osado enfrentársele… Para cuando llegó junto a ella, las palabras iracundas que iban a salir de su boca se habían desvanecido por completo.

Sin embargo, el eco de lo que ella le había dicho todavía retumbaba en su cabeza.

«¿Qué clase de hombre eres?».

¿Un hombre que aterrorizaba a las mujeres? ¿Tanto así que estaban dispuestas a arrojarse a la calle para escapar de él, aún a riesgo de contraer una neumonía en las calles de París? ¿Era él de esa clase de hombre? Una antigua amante prefería quedar a merced de los crueles elementos antes que decirle qué había sido de su hijo.

¿Qué clase de hombre era, si era capaz de inspirar tanto terror?

La observó mientras se secaba la cara con la toalla. Estaba temblando.

–Tienes frío.

–No –dijo ella, mintiendo.

–Tus dientes están a punto de castañear –le dijo él con poca paciencia.

¿Acaso preferiría morirse de frío antes que aceptar su ayuda?

Mujer obstinada.

Tariq apretó el botón del intercomunicador y ordenó que encendieran la calefacción.

–¿Lo ves? ¿Era tan difícil?

Ella lo miró un instante y entonces apartó la vista.

–Espero que hayas tenido un paseo agradable –añadió él en un tono mordaz–. Mis hombres me han dicho que casi te ahogaste en un charco cerca del Louvre.

Ella pareció llevarse una gran sorpresa.

–¿Tus hombres?

–Claro –él arqueó las cejas–. No creerás que la residencia de un rey está tan desprotegida, ¿no? ¿Crees que cualquiera puede entrar o salir como Pedro por su casa? Ya te dije lo que iba a pasar si te marchabas.

–Yo no… –ella se detuvo y tragó en seco–. Tienes seguridad. Claro que la tienes –se encogió de hombros–. No los vi.

Tariq la miró fijamente y se acomodó en el asiento, teniendo cuidado de no rozarse con ella. Tocarla no le había traído nada bueno. Pensaba que así iba a ser capaz de librarse de aquella insana obsesión, pero la noche que habían pasado juntos no había hecho sino empeorar las cosas. Se estaba arriesgando de una manera que jamás había creído posible; sentía cosas que no estaba preparado para entender.

«Maldita Jessa Heath», pensó para sí.

–Si los vieras, entonces no serían buenos en su trabajo, ¿no? –le preguntó en un tono inconsecuente.

En ese momento se hizo un silencio incómodo y pesado. Ella siguió secándose con la toalla y él continuó observándola. No obstante, algo había cambiado, aunque no supiera lo que era.

¿Qué podía ser? ¿Acaso era la tentativa de escapar, condenada al fracaso desde un principio? ¿Era eso lo que la hacía parecer valiente, por no decir temeraria? ¿O acaso sentía pena por ella al verla tan indefensa como un niño, vulnerable y derrotada?

–¿Por qué te detuviste en la estación? –le preguntó, sin saber muy bien por qué le hacía esa pregunta–. Estuvieron a punto de pasarte por encima en estampida.

Ella dejó escapar una risotada triste.

–No tengo dinero –dijo, mirándole de frente, como si esperara algún comentario por parte de él.

Él se limitó a levantar una ceja.

–¿Y ahora qué? –le preguntó ella suavemente, levantando la barbilla, con un gesto de tímida rebeldía–. ¿Soy tu prisionera?

Tenía el cabello empapado y pegado a la cabeza, lo cual la hacía más pálida y pequeña que nunca.

«¿Qué clase de hombre eres?», le había dicho.

¿Realmente podía culparla por lo que había hecho, fuera lo que fuera? Por aquellos tiempos, él no era más que un playboy caprichoso, un mentiroso... ¿Por qué iba a querer tener un niño con un hombre como aquél? Era como su tío le había dicho en aquella ocasión. Entonces no era un hombre. No tenía nada que ofrecerle a su hijo.

–Necesito saber qué pasó –le dijo tranquilamente, mirando por la ventanilla, contemplando los hermosos edificios y monumentos de la capital francesa.

–Entonces la respuesta es «sí». Soy tu prisionera –ella soltó el aliento–. ¿Por cuánto tiempo?

Él podría haberle dicho que lo sería durante todo el tiempo que él quisiera. Podría haberle recordado que estaba hablando con un rey que tenía poder absoluto sobre ella, si así lo deseaba. Sin embargo, en vez de hacer eso, se volvió hacia ella y la miró fijamente.

–Hasta que me digas lo que necesito saber.

–Entonces seré tu prisionera para siempre –dijo ella–. ¿Vas a retenerme aquí contra mi voluntad para siempre?

–¿Cuándo te he retenido contra tu voluntad? –le preguntó él, sin rencor en la voz–. No recuerdo que anoche quisieras irte. Y esta mañana no te impedí marcharte.

–No tenía dinero –dijo ella con amargura–. ¿Adónde iba a ir sin dinero?

–Si no tienes dinero, Jessa… –le dijo él en un tono sosegado–. Sólo tienes que pedirlo.

–Tengo mi propio dinero. Gracias –dijo ella de inmediato en un tono brusco.

–¿Y entonces por qué no lo usaste?

Ella suspiró y bajó la vista.

Una vez más el silencio se hizo interminable.

–¿No vas a amenazarme de nuevo? –le preguntó suavemente, cabizbaja–. ¿No tenías pensado hacerme la vida un infierno? ¿Destruirme por completo?

«¿Qué clase de hombres eres?».

Tariq soltó el aliento lentamente y se frotó las sienes con ambas manos. Cuando volvió a hablar apenas reconocía su propia voz.

–Tienes que entender que cuando digo que soy el último que queda de los míos, no sólo estoy hablando de líneas de sucesión, estirpes reales y «notas al pie» de libros de historia que se escribirán cuando yo ya no esté –le dijo, sin saber muy bien adónde quería llegar con todo aquello, incapaz de reconocer la brusquedad en su propia voz–. Me quedé huérfano cuando era un niño, Jessa. Tenía dos años de edad. No sé si lo poco que recuerdo de mis padres es real o si sólo recuerdo lo que me imaginé a través de las fotos y de lo que me contaban otros.

–Tariq... –dijo ella en un suspiro, casi como si sufriera por él.

–La familia de mi tío fue la única familia que conocí –dijo con una urgencia que no atinaba a comprender.

Ella se mordió el labio inferior.

–Pensaba que yo iba a ser el último. Hasta hoy.

–No sé qué quieres que te diga –susurró ella con la voz llena de sentimiento.

–¿Tengo un hijo? –le preguntó él, abrumado por la incertidumbre que teñía su propia voz–. ¿Hay alguien más aparte de mí?

Ella cerró los ojos y se tapó la boca con la mano para reprimir un sollozo que amenazaba con derramarse de su boca.

Durante un momento interminable, ambos guardaron silencio. Sólo se oía el bullicio del tráfico fuera del vehículo y la respiración entrecortada de Jessa.

Tariq pensó que ella no iba a contestarle, que se pasaría el resto de su vida preguntándose qué había pasado.

A lo mejor era lo que se merecía por la forma en que la había tratado, por aquella vida de excesos, por la forma en que había tratado a su propia familia, y a sí mismo.

De pronto ella se volvió hacia él y lo miró con unos ojos llenos de dolor; un dolor que no atinaba a entender.

–No sé si puedo hacer que te sientas mejor… –dijo con voz temblorosa–. Pero te diré lo que sé.

Capítulo 12

JESSA no sabía por qué había dicho lo que había dicho, ni tampoco sabía por qué su dolor la había conmovido tanto que la había hecho romper su silencio tan repentinamente. No quería decir ni una palabra, pero entonces había oído la agonía que teñía su voz y algo se había quebrado en su interior. Había estado a punto de echarse a llorar, pero, en cambio, había dicho las palabras que jamás habría querido pronunciar, y mucho menos ante él.

Pero lo cierto era que él no había tenido intención de abandonarla. Su tío había muerto inesperadamente; toda su familia. ¿Qué podría haber hecho?

Mientras caminaba por las frías calles de París, había pensado que, de alguna forma, había llegado a ser muy importante para ella el seguir culpándole para siempre, porque así había logrado desviar la atención de todas las decisiones que había tenido que tomar en soledad. ¿Era eso de lo que se estaba escondiendo?

Tariq guardaba silencio. Se limitaba a mirarla fijamente, pero sus ojos resultaban indescifrables. De pronto, asintió con la cabeza, una vez. Ella esperaba que volviera a exigirle la verdad, pero en vez de eso, permaneció en silencio durante el resto del camino de vuelta a la casa. Una vez allí, la condujo de nuevo a la suite de habitaciones de la última planta, el lugar del que había huido tan sólo un rato antes. ¿Acaso iba a ser su prisión? Jessa se sentía demasiado expuesta, vulnerable… No quería pensar en ello en ese momento.

En el dormitorio no quedaba ni rastro de la noche de pasión que había tenido lugar allí la noche anterior. La enorme cama había recuperado su esplendor de color dorado y marfil, y cálidas luces alumbraban la estancia desde los apliques en las paredes. Jessa se detuvo en mitad de la habitación y evitó mirar hacia la cama. No quería recordar. Tragó en seco.

–Supongo que querrás arreglarte –dijo Tariq en un tono extrañamente cortés, como si no se conocieran de nada.

Señaló el espacioso vestidor con un gesto.

–Me he tomado la libertad de hacer que te llenaran el armario de ropa que espero te sirva.

Jessa bajó la vista y contempló su ropa empapada y sucia, incapaz de articular palabra. Aún no sabía cómo tomarse todas aquellas atenciones. Tenía miedo de mirarle a los ojos porque ya se había delatado a sí misma más de lo que podía permitirse, y él siempre podía ver más allá. En cuanto lo supiera todo, volvería a romperle el corazón, tal y como había hecho en el pasado.

–Tengo que ocuparme de unos asuntos –dijo él después de un largo silencio–. No puedo posponerlos.

–Lo entiendo –dijo ella, frunciendo el ceño mientras contemplaba sus empapados zapatos.

–Volveré tan pronto como pueda –suspiró suavemente y entonces ella se atrevió a mirarle a la cara–. ¿Me esperarás aquí?

–Sí.

Se miraron durante un largo tiempo y entonces él asintió con la cabeza, formal y tenso, y abandonó la habitación.

Ya era de noche cuando una empleada vestida con un uniforme negro la condujo a través del laberinto de la casa hasta donde estaba Tariq. Él la estaba esperando en una habitación acogedora que contaba con un cálido hogar. El fuego crepitaba sin cesar. Las paredes estaban llenas de estanterías de libros y los muebles se limitaban a unos sofás de cuero. Tariq estaba de espaldas a la puerta, con las manos entrelazadas por detrás, frente a la ventana, contemplando el azul intenso del atardecer.

Jessa se detuvo frente a la puerta un instante. De repente sentía un miedo totalmente distinto; algo que no tenía que ver con Jeremy, sino con su propio corazón traicionero.

Se alisó los pantalones de lana fina con ambas manos, fingiendo estar preocupada por las arrugas. Ya era demasiado tarde para preocuparse.

Él había hecho lo que le había dicho.

Cuando ella salió de la ducha por segunda vez en el día, se encontró con un armario entero preparado para ella en el vestidor, lleno de toda clase de exquisiteces; ropa, cintas para el pelo, perfumes... Todo había sido elegido según su gusto personal. Era como si Tariq la conociera mejor que ella misma.

Como no sabía lo que le deparaba la noche, eligió unos pantalones de lana color chocolate y una simple blusa blanca de seda. Encima se puso una chaqueta de cachemira color azul cielo que era lo más suave que jamás había tocado.

–Espero que todo te quedara bien –dijo Tariq en voz baja, sin dejar de mirar por la ventana.

Jessa se sobresaltó un poco. Pensaba que él no se había dado cuenta de su presencia.

–Sí, perfectamente –dijo y tosió un poco para aclarar el nudo que le atenazaba la garganta.

Tariq se volvió y entonces ella pudo contemplar la profunda tristeza que contraía su rostro. Sus rasgos duros y masculinos parecían más distantes e inalcanzables que nunca.

Quería ir hacia él y consolarle, acariciarle... Pero no podía. ¿Con quién se creía que estaba? El hombre que tenía delante era Tariq bin Khaled Al-Nur; más peligroso que nunca.

–Dime –le dijo de repente y ella supo lo que quería decir.

Respiró hondo, cruzó la habitación y fue a sentarse en uno de los sofás. No podía mirarle directamente a los ojos, así que se volvió hacia el hogar y contempló el fuego.

Después de aquella conversación, ya no habría vuelta atrás. Por lo menos tenía que ser sincera consigo misma en ese sentido. Por lo menos.

–Es un niño –dijo por fin, todavía sin creerse lo que estaba haciendo. Una potente sensación de irrealidad se apoderó de ella, como si todo fuera un sueño, o una pesadilla–. Se llama Jeremy.

En ese momento sintió la mirada de Tariq sobre la piel, aunque no se atreviera a mirarle.

Tragando con dificultad, puso las manos sobre su regazo y siguió adelante, con la vista fija en la leña ardiendo.

–Me enteré de que estaba embarazada cuando fui

al médico aquel día –suspiró, recordando aquellos ojos oscuros–. Nunca dijiste nada acerca del futuro, nunca insinuaste... No sabía si eso significaba que iba a perderte, o si te alegrarías de ello. ¡No sabía si yo me alegraba! –sacudió la cabeza y frunció el ceño. Las llamas danzaban alegremente ante sus ojos, ajenas al torbellino que azotaba su alma–. Y entonces me marché. Me fui a la casa de una amiga, en Brighton. Yo... necesitaba pensar, tomar una decisión.

–Esos días, durante los que estuviste desaparecida... –dijo Tariq de pronto en un tono tranquilo–. No te fuiste, después de todo.

–Fue toda una ironía que tú pensaras eso –dijo Jessa con una carcajada triste–. Ése había sido mi máximo temor al principio: que te fueras. Una vez lo supieras –volvió a reírse con amargura–. Cuando volví a Londres, ya te habías marchado. Y cuando me enteré de quién eras realmente y supe lo que tenías que hacer, me di cuenta de que nunca ibas a volver.

Respiró hondo, sintiendo cómo el aire le cortaba los pulmones. Las cosas no serían más fáciles si las posponía un poco. Quizá nunca llegarían a hacerse más fáciles. Soltó el aliento y se obligó a seguir adelante.

–Estaba muy confundida –dijo–. Me echaron de la noche a la mañana, claro. Traté de encontrar otro trabajo en la ciudad, sin darme cuenta de que nadie iba a contratarme. Mi hermana quería que volviera con ella a York, pero eso significaba reconocer que había fracasado. Yo... Yo sólo quería que todo siguiera como siempre, como si nada hubiera pasado, como si nunca te hubiera conocido.

De pronto oyó un leve sonido, como si Tariq acabara de soltar el aliento bruscamente, o como si hubiera mascullado un juramento. Pero no podía mirarle. No tenía valor suficiente para ver lo que pensaba de ella. Tenía demasiado miedo. Por el rabillo del ojo, le vio moverse y empezar a deambular por la habitación. Era como si no soportara permanecer allí quieto.

–Pero estaba embarazada, y... –sus manos fueron hacia su abdomen instintivamente, como si pudiera recordar a través del tacto.

–Debes de haberte enfadado mucho –dijo Tariq en un tono sosegado, demasiado sosegado.

Jessa seguía con la vista fija en su regazo, con las manos entrelazadas.

–Contigo, quizá. O con la situación... –dijo ella suavemente–. Pero no con el bebé. Pronto me di cuenta de que quería tenerlo, fuera como fuera –respiró profundamente–. Y lo tuve. Era un bebé precioso.

Las emociones estaban a flor de piel. Podía echarse a llorar en cualquier momento con sólo recordar lo que había sentido aquel día, al verse sola y desamparada. Tariq debería haber estado a su lado cinco años antes. De hecho, casi había sentido que él estaba a su lado, en la sala de parto. Había llorado lo mismo por el hombre que no estaba allí que por las contracciones que la desgarraban por dentro.

Apretando los labios, hizo un esfuerzo por no volver a llorar y respiró varias veces por la nariz hasta recuperar la compostura.

Se trataba de los hechos, y eso sí podía dárselo.

–Tuve un parto difícil... Hubo... algunas complicaciones. Me deprimí. Estaba asustada.

Además de encontrarse muy débil físicamente, había tenido una depresión posparto y, en aquel momento, jamás había creído que saldría de ello de una sola pieza.

Le miró de reojo.

Tariq se había sentado en el sofá de enfrente, pero no la miraba. Tenía la vista fija en la alfombra persa rojo intenso que cubría el suelo.

–No tenía trabajo, y no tenía ni idea de dónde conseguir uno –Jessa continuó, ignorando el nudo que tenía en la garganta–. Tuve un niño precioso, el hijo de un rey, pero no podía darle la vida que necesitaba, la vida que se merecía –en ese momento su voz se quebró y entonces suspiró–. Al principio pensé que era sólo algo hormonal, simples miedos de las madres primerizas, pero con el tiempo, el sentimiento se hizo cada vez más fuerte.

–¿Por qué? –la voz de Tariq no era más que un leve susurro, pero estaba llena de agonía–. ¿Qué faltaba en la vida que le diste?

«Yo», pensó Jessa. «Tú».

Pero no dijo ninguna de las dos cosas.

–No era… No era yo –dijo en cambio–. Lloraba todo el tiempo. Estaba muy perdida.

Aquello era más de lo que podía asumir; el llanto constante del bebé, la falta de sueño y de ayuda, aunque su hermana lo hubiera intentado… Si no hubiera estado tan, tan deprimida, casi al borde del suicidio, entonces quizá… Pero no había sido así. No tenía sentido desear lo imposible.

–¿Y cómo iba a ser una buena madre? La única decisión que había tomado y me había llevado a convertirme en madre había sido… –su voz se perdió y su mirada buscó la de Tariq.

–Quedarte embarazada por accidente –dijo él, terminando la frase con frialdad y contundencia–. De mí.

–Sí.

Algo vibró entre ellos, una especie de vínculo, frágil y doloroso. Pero Jessa estaba decidida a llegar hasta el final.

–Y lo había visto todo sobre ti en las noticias. Al verte en la televisión supe de forma definitiva que nada de lo que me habías dicho era cierto, que me había inventado nuestra relación en mi propia cabeza, que era una chica tonta con sueños estúpidos, incapaz de ser la madre de nadie.

Él se pasó las manos por el cabello. La expresión de su rostro continuaba siendo indescifrable.

–Había personas que tenían una familia, gente que lo había hecho todo bien, que habían elegido bien, pero que no podían tener un bebé. ¿Por qué tenía que sufrir Jeremy porque su madre era un desastre? ¿Era justo para él?

–Lo diste en adopción –dijo Tariq, casi como si estuviera en un sueño–. ¿Se lo diste a unos extraños?

–Se merecía tenerlo todo –dijo Jessa con vehemencia.

La pregunta de Tariq no era del todo precisa, pero ella no estaba dispuesta a corregirle.

–Amor, dos padres que lo amaran, una familia –dijo, prosiguiendo–. ¡Una verdadera oportunidad de tener una buena vida! Y no… una madre soltera desgraciada que apenas podía cuidar de sí misma, y mucho menos de él.

Tariq guardó silencio, pero ella podía oír el esfuerzo que hacía al respirar y podía ver el remolino de emociones que oscurecía sus ojos.

–Quería que fuera feliz, independientemente de si estaba conmigo o no –susurró.

–Yo pensaba... –Tariq se detuvo y se frotó la cara con ambas manos–. Que era preciso obtener el permiso de los dos progenitores en una adopción.

Jessa se mordió el labio inferior y se preparó para lo peor.

–Jeremy sólo tiene un progenitor registrado en su certificado de nacimiento –dijo en un tono tranquilo–. A mí.

Tariq se limitó a mirarla. Una rabia insondable bullía en las profundidades de sus pupilas.

Jessa levantó los hombros un instante y después los relajó. ¿Por qué iba a sentirse culpable después de tanto tiempo?

No tenía por qué y, sin embargo, sí se sentía culpable. Porque ninguno de los dos había tenido las opciones que deberían haber tenido. Ninguno de los dos estaba libre de culpa.

–No vi razón alguna para reclamar la paternidad de un rey, cuando él ya no quería saber nada de mí.

Unas llamaradas de fuego encendieron la mirada de él, pero ella no apartó la vista.

–Casi puedo entender que no me dijeras que estabas embarazada –dijo después de un largo, tenso momento–. O puedo hacer un esfuerzo por entenderlo. ¿Pero dar al niño en adopción? ¿Dárselo a alguien sin siquiera dejarme saber que existía?

–Traté de localizarte –dijo ella, interrumpiéndolo–. Fui a la empresa y les rogué que contactaran contigo. ¡No tenía forma de encontrarte!

–¿No tenías forma de encontrarme? –sacudió la cabeza–. ¡No es que me estuviera escondiendo precisamente!

–No tienes ni idea, ¿verdad? –le preguntó ella, cerrando los ojos–. Ni siquiera puedo imaginar cuántas mujeres jóvenes deben de arrojarse a tus pies, o cuántas les cuentan historias a miembros de tu personal, o a funcionarios del gobierno, en un intento desesperado por llamar tu atención. ¿Por qué iban a tratarme a mí de forma distinta? –se movió en el asiento. Tan sólo deseaba escapar de allí y terminar con aquella conversación cuanto antes–. No es posible buscarte en la guía y llamarte por teléfono, Tariq. Eso ya debes de saberlo.

La expresión de su rostro decía que no deseaba saberlo.

Tariq tragó con dificultad. Parecía tan afectado como ella.

–Fui a la empresa –repitió ella, recordando aquel día–. Se rieron de mí.

Aquello había sido peor que el día en que la habían echado. Había visto especulación en sus ojos, desprecio… La habían mirado como si no fuera más que basura.

–¿Se rieron de ti?

–Claro que sí –encontró el valor para mirarle de nuevo–. Para ellos yo no era más que otra becaria promiscua que buscaba una mina de oro. Uno de ellos incluso me invitó a cenar, guiñándome el ojo.

–¿Guiñan…? –empezó a decir Tariq, frunciendo el ceño, pero entonces lo entendió todo y guardó silencio.

–Sí –le confirmó Jessa–. Quería ver si tenía oportunidad de probar el material. Después de todo, había sido lo bastante buena para un rey, por lo menos durante un tiempo. Pero era evidente que no me iba a ayudar a contactar contigo.

–¿Quién? –le preguntó Tariq. Su voz sonaba como un trueno–. ¿Quién era el hombre?

–Eso no tiene importancia. Dudo mucho que fuera el único que lo pensara –Jessa sacudió la cabeza y volvió a mirar hacia el hogar, envolviéndose aún más en la chaqueta de cachemira–. Me di cuenta de que tenía que tomar la decisión yo sola. No tenía forma de contactar contigo para contártelo. Era como si nunca nos hubiéramos conocido.

–Y entonces lo hiciste.

–Cuando tenía cuatro meses –dijo ella, ahogándose en la emoción–. Le di un beso de despedida y le di lo que nunca podría haber tenido si se hubiera quedado conmigo –cerró los ojos para aguantar el dolor–. Y ahora tiene todo lo que un niño podría desear. Dos padres que lo adoran, que lo tratan como si fuera un auténtico milagro, y no como si fuera un error, no como un problema inesperado que hubiera que resolver –sentía las lágrimas en las mejillas, pero no hizo ningún intento por secárselas.

–¿No te arrepientes de tu decisión? –le preguntó él. Su voz parecía venir desde muy lejos.

Jessa se volvió hacia él. El corazón casi se le salía del pecho.

–¡Me arrepiento todos los días! –le susurró con contundencia–. ¡Lo echo de menos en todo momento!

Tariq se incorporó, mirándola fijamente.

–Entonces no veo por qué no podemos…

–¡Es feliz! –dijo ella, interrumpiéndole–. Es feliz, Tariq. Tiene todo lo que un niño debe tener. Sé que hice lo correcto para él, y eso es lo único que importa, no lo que yo sienta, ni tampoco lo que tú sientas, seas rey o no. Es un niño feliz y saludable que tiene dos padres que no somos nosotros –la voz le temblaba y las lágrimas se derramaban sin cesar sobre sus mejillas–. Que nunca seremos nosotros.

Escondió el rostro entre las manos y lloró desconsoladamente, casi como si todo acabara de ocurrir, como si acabara de aceptar la realidad.

Se sentía así porque acababa de decírselo. Por fin le había dicho la verdad, o casi toda la verdad... Era como si una parte de ella hasta entonces desconocida se hubiera empeñado en fingir que no había pasado nada porque él no lo sabía. Sin embargo, ya ni siquiera le quedaba esa mentira para engañarse a sí misma.

Jessa no supo cuánto tiempo estuvo llorando, pero sí supo que él fue a sentarse a su lado. No le susurró falsas palabras de aliento, ni tampoco arremetió contra ella con toda su furia. No trazó ningún plan para deshacer lo que ella había hecho, ni tampoco le hizo preguntas que no podía responder.

Simplemente, la rodeó con el brazo, la hizo apoyar la cabeza sobre su hombro y la dejó llorar.

Ya era muy tarde cuando Tariq colgó el teléfono. Sus abogados le habían confirmado lo que ya sospechaba, aunque no quisiera admitirlo: las adopciones en el Reino Unido eran poco frecuentes y casi irreversibles. Cuando un niño llegaba a la edad adulta podía buscar a sus padres biológicos a través del registro nacional, si así lo deseaba, pero antes no. Además, los tribunales británicos eran bastante reacios a deshacer un proceso de adopción, basándose en el interés del niño por encima de todas las cosas.

Salió de su despacho y regresó al pequeño estudio

donde había dejado a Jessa, profundamente dormida después de tantas emociones.

La encontró acurrucada en el sofá de cuero, con las manos debajo de la mejilla. Parecía una niña, y no una mujer adulta que había traído al mundo a su hijo.

Se inclinó sobre ella, la levantó en brazos y se la llevó consigo a través de la casa. Había algo en su interior que le decía que ella debía quedarse allí, que ése era su lugar. Ella se acurrucó contra él. Su cuerpo, relajado por el sueño, no oponía resistencia alguna, algo que no hubiera ocurrido si hubiera estado despierta. De repente sintió una punzada de nostalgia por aquella joven inocente que le había regalado su amor y a la que él había despreciado sin piedad.

Ya en el dormitorio, la colocó sobre la cama, le quitó los zapatos y la cubrió con la manta. La observó un instante, y entonces se rindió ante aquella extraña ternura.

No podía juzgarla. No podía ni imaginar lo que debía de haber pasado, sola y abandonada, obligada a asumir una responsabilidad para la que no estaba preparada. Después de todo, no eran tan distintos. Ambos se habían visto forzados a asumir un papel para el que no estaban preparados.

Sin pensárselo dos veces, se metió en la cama detrás de ella y la atrajo hacia sí. Respiró profundamente e inhaló su dulce aroma. Su olor le calmaba; le hacía creer que todo tenía solución. Jazmín en su cabello, y algo dulce y cálido que era simplemente ella. Vainilla y calor.

De repente ella se movió y él se dio cuenta de que estaba despierta al notar la tensión que volvía a su cuerpo. Deslizó una mano sobre su cuerpo, trazando las curvas de su silueta, como si así pudiera borrar todo el sufrimiento que había padecido.

–No quería quedarme dormida –le susurró ella, moviéndose bajo sus manos, como si tratara de averiguar si seguía siendo su prisionera.

Tariq no contestó. Tan sólo siguió abrazándola y fingió no saber por qué no podía dejarla ir.

–Por la mañana –dijo ella, continuando–. Me iré a casa. Creo que es lo mejor –se movió como si quisiera separarse de él.

Tariq dejó caer el brazo y la soltó.

–¿Tariq? –se volvió hacia él.

Él se puso boca arriba, consciente de un nuevo deseo que crecía en su interior; un deseo de paz, la paz que sólo encontraba cuando la tenía tan cerca.

–¿Voy a dormir a otra parte? –le preguntó ella con voz insegura, temerosa, de él.

Tariq no podía soportarlo, pero se negaba a buscar un motivo.

–No quiero que te vayas, Jessa. Todavía no.

Capítulo 13

PASÓ una semana, y después otra, pero Jessa no se marchó, y ninguno de los dos volvió a sacar el tema. Ella había llamado a su hermana y a su jefe, y por fin se había tomado las largas vacaciones que llevaba tanto tiempo posponiendo.

–¿Dónde estás? –le había preguntado su hermana Sharon, sorprendida–. ¿Desde cuándo te vas de vacaciones en un abrir y cerrar de ojos?

–Sentí unas ganas tremendas de ir a París. Eso es todo –le había dicho Jessa, mintiendo.

–¡Ojalá yo pudiera escaparme a París! –había exclamado Sharon.

Pero Jessa no le había dicho con quién estaba...

Tenía todo el tiempo del mundo para conocer la ciudad, pues Tariq se pasaba el día encerrado en la sala de reuniones o pegado al teléfono con sus asesores, aliados políticos, contactos de negocios…

–Dime qué has visto hoy –le preguntaba él todas las noches.

Y Jessa le contaba las maravillas del día; baguettes recién hechas, tardes ociosas en cafés con encanto, largos paseos, hermosos monumentos… Cada noche Jessa se esforzaba más y más por hacerle sonreír, y cada vez le importaba más tener éxito o no.

–Siempre me ha encantado París –le dijo Tariq una noche mientras tomaban el café después de cenar en uno de los restaurantes más famosos de la ciudad–. Mi tío usaba esta residencia como casa de verano, pero yo prefiero usarla como base para todos mis negocios en Europa –se recostó en el respaldo de la silla de una forma que delataba todo el poder que escondían aquellos músculos macizos.

–¿A quién no le gusta París? –dijo Jessa con una sonrisa, apoyando el codo en la mesa y la barbilla en la palma de la mano. Podía mirarle durante horas sin cansarse; toda aquella dureza, combinada con la inteligencia que brillaba en sus ojos–. Haces bien. Es una solución práctica, pero al mismo tiempo te permite disfrutar de la magia de esta ciudad.

Era como si hubiera olvidado que muy poco tiempo antes eran enemigos, pero en realidad lo tenía muy presente. Aquella pequeña tregua era más peligrosa que las batallas que habían librado y a las que habían sobrevivido.

–Desde luego –dijo él, y entonces sus miradas se encontraron.

A Jessa se le aceleró el corazón.

–Tariq –dijo suavemente, no queriendo romper el hechizo, pero sabiendo que debía hablar, reconocer la verdad de las cosas–. Sabes que yo…

–Ven –dijo él, levantándose de la mesa–. Iremos andando a casa a lo largo de la orilla del Sena y tú me dirás cuál es tu Van Gogh favorito en el Museo de Orsay.

–No podrí elegir –dijo ella, pero dejó que él la levantara de la silla.

–Entonces tienes que contarme qué te pareció el Museo de Rodin –dijo él, tomándose su tiempo antes de soltarle la mano–. Llevo mucho tiempo sin visitarlo.

Jessa había contemplado con admiración cada curva

de piedra del museo que había mencionado. Se había maravillado al ver el poder que emanaban aquellas esculturas de mármol que parecían estar vivas.

Tariq la agarró del brazo y la sacó a la noche de París.

Mientras caminaban por la orilla del Sena, Jessa se dio cuenta de que algo había cambiado entre ellos desde el momento en que le había confiado su más grande secreto. El silencio entre ellos estaba cargado de emociones. La química que había entre ellos ardía lentamente como un puñado de ascuas en un hogar. No habían vuelto a tocarse desde aquella primera noche.

Más tarde, ya de vuelta en la mansión, Tariq se disculpó y se marchó, dejándola sola en aquella enorme suite de habitaciones, dándole tiempo para pensar. Jeremy había dejado de ser un secreto que la atormentaba todos y cada uno de los días de su vida. Había pasado a compartir ese profundo dolor con él, y eso no sólo aliviaba el sufrimiento, sino que también había derribado las paredes que había construido a su alrededor. En lugar de esas paredes, había crecido algo mucho más delicado y frágil, pero no quería pensar en la última vez que había sentido algo parecido, ni en lo que le había ocurrido entonces.

–Eres una tonta –susurró sin darse cuenta, pero su voz fue absorbida por el pomposo mobiliario que la rodeaba.

Además, tampoco quería pensar en lo único que aún seguía ocultándole; aquel detalle insignificante, pero crucial sobre Jeremy que no le había revelado. No podía confiarle algo así, no cuando en el fondo sabía que estaba viviendo una fantasía, algo que no duraría mucho más. Proteger a Jeremy, en cambio, era para siempre. Tenía que serlo.

Algunas noches más tarde, mientras se arreglaba para la cena, Jessa pensó que, después de haberse herido tanto, ya no podían hacer otra cosa que disfrutar de la compañía del otro, como si eso pudiera aliviar el dolor.

Se recogió el cabello en un elegante moño y entonces se miró en el espejo. Se sentía como Cenicienta y, con el pelo recogido de esa forma, también lo parecía. Era tan fácil acostumbrarse a la vida que había vivido durante las últimas semanas; una vida disipada, sin preocupaciones, descubriendo París por el día y explorando las múltiples facetas de la personalidad de Tariq por la noche.

En el vestidor había una amplia gama de prendas entre las que elegir, todas ellas hechas a medida específicamente para ella. Todo le encajaba a la perfección y la convertían en una mujer totalmente distinta a Jessa Heath de Fulford, la gerente de una sucursal inmobiliaria, una más del montón.

La Jessa que la miraba desde el espejo no parecía una chica corriente de Yorkshire. Tariq le había dicho que la velada sería formal, así que había escogido un traje de satén color marfil, cuyo exquisito tejido susurraba cosas con cada movimiento. El diseño se componía de un corpiño ceñido cuyo escote se le ceñía a los pechos, dejando ver lo justo, y en la cintura el vestido se abría en numerosos pliegues que llegaban hasta el suelo. Llevaba la espalda descubierta, y lo único que sostenía el traje en su sitio eran dos tirantes muy finos cruzados por detrás. Jessa pensaba que el color la haría parecer muy pálida, pero se había equivocado.

Aquel tono cremoso hacía resplandecer su piel y sus pecas parecían haber adquirido una tonalidad vibrante que no la avergonzaba en absoluto.

–Estás preciosa –le dijo una voz muy familiar.

Jessa se sobresaltó, aunque ya sabía a quién vería cuando mirara en el espejo. Su cuerpo lo sabía sin necesidad de oír las palabras que él acababa de decir. La sola conciencia de su cercanía, el sonido de su voz, la ola de calor que la invadía en su presencia…

Tariq estaba parado en la entrada del vestidor, con un esmoquin que lo hacía parecer más atractivo que nunca. Sus ojos parecían más verdes que de costumbre y hacían un acusado contraste con su cabello oscuro y el traje negro.

–¿Me he retrasado? –preguntó Jessa, sorprendida y abrumada ante tanta belleza masculina. Le miró un instante a través del espejo y entonces apartó la vista rápidamente. Un calor insoportable se acumulaba en sus mejillas.

–En absoluto –dijo él, pero ella sabía que mentía.

Había una cierta ternura en la expresión de sus ojos que Jessa no atinaba a comprender.

–¿Adónde vamos? –le preguntó.

En ese momento la habitación se contrajo a su alrededor. Por mucho que fingiera que no pasaba nada, no podía ocultar la reacción de su propio cuerpo ante él; sus pezones, que se endurecían al instante, las mariposas en el vientre…

Aunque hubieran pasado la primera noche dando rienda suelta al desenfreno amoroso, llevaban varias semanas dedicados a conversar, y Jessa ya empezaba a sentir cómo crecía el deseo en su interior. Él no había dormido con ella la noche anterior y, sin embargo, ella sabía con absoluta certeza que la deseaba tanto, si no más, que antes.

–Tengo que asistir a una cena benéfica –dijo Tariq y se encogió de hombros–. No es nada importante. Una cena, un discurso o dos y después el baile. Te aburrirás mucho.

Jessa forzó una sonrisa, decidida a no dejar que las emociones se apoderaran de ella. Aquello era un sueño y nada más. Cenicienta iba al baile, y ella también lo haría, pero eso era todo. El resto de la historia sería diferente, y ella lo sabía con certeza.

–Estoy lista –le dijo, volviéndose hacia él.

De pronto, al ver la expresión de su rostro, se detuvo en seco.

Era como si él hubiera estado esperando esas palabras, pero en otro contexto. Algo innombrable llenaba la habitación, acortando la distancia entre ellos, acelerándole el pulso.

–¿Tariq? –le dijo, apenas en un susurro.

Él guardó silencio un instante y la miró de arriba abajo, devorándola con la vista.

Jessa sintió que el corazón se le salía del pecho al sentir la caricia de sus ojos, primero en la boca, después por todo el cuerpo. Era como si hubiera usado los dedos para tocarla.

–Muy bien –dijo él por fin con la voz grave y profunda. Sus ojos hablaban de todas las cosas que no había hecho, de todas las formas en que no la había tocado–. Vamos.

La versión de una fiesta sin importancia de Tariq bin Khaled Al-Nur era en realidad una gran gala de dimensiones épicas y repleta de estrellas. Dignatarios, políticos y aristócratas europeos se codeaban con estrellas de cine y celebridades bajo una lluvia de flashes. El evento se iba a celebrar en un suntuoso hotel cercano a la Plaza Vendôme. Jessa estaba tan extasiada ante tanto lujo que no sabía adónde mirar. Maravillosos frescos, rutilantes arañas, cortinas y alfombras del rojo más intenso... Se sentía como si estuviera en otro mundo; un sueño dentro de un sueño.

Pero ese mundo era aquél en el que Tariq era rey, y en él lo trataban como tal. Ella sabía que era un hombre poderoso, pero nunca lo había visto en su salsa excepto en la televisión. Esa noche, el poder imperial que representaba era más que palpable en cada detalle; la deferencia que todos le mostraban, las reverencias, los ayudantes que lo asistían en todo momento, obedeciendo cada orden y alejando a aquéllos con los que no deseaba hablar. Todos los llamaban «Su Alteza», o «Su Excelencia», si es que se atrevían a dirigirle la palabra. Hombres a los que Jessa sólo conocía de las noticias lo llamaban aparte para susurrarle cosas al oído.

De repente la realidad se impuso ante ella de una forma completamente nueva. No tenía ningún derecho a fantasear con él, como lo hacía cuando la cordura la abandonaba un poco. Ella conocía muy bien su propio sitio en el mundo y Tariq no estaba hecho para ella. Tariq estaba hecho para una reina.

–Estás muy callada –le susurró él al oído en un momento, mientras esperaban a que les sirvieran la cena.

–Tan sólo trato de mantenerme a la sombra de «Su Excelencia» –le dijo, sonriente.

Él esbozó una media sonrisa, sorprendiéndola. Jessa miró a su alrededor. Cerca de ellos estaba un conocido jefe de gobierno, un filántropo aclamado... Todos los allí presentes desprendían poder por todos lados.

–Supongo que se te debe de subir un poco a la cabeza.

Él no fingió no entenderla.

–Es en lo que me he convertido –le dijo, mirándola a los ojos, orgulloso de su condición.

–Sí. Ya lo veo –le dijo ella suavemente, sin atreverse a tocarle por miedo a romper algún código de etiqueta.

–No puedo cambiar el pasado –dijo él y entonces fue como si nadie existiera excepto ellos dos.

Jessa lo olvidó todo. Olvidó las reglas y le miró a los ojos.

–Yo tampoco –dijo sin apartar la vista.

–A lo mejor ya es hora de dejar de mirar al pasado –dijo Tariq en un tono susurrado.

Jessa sintió que algo se encendía en su interior.

–¿Y adónde miramos? –le preguntó ella, sorprendida. La respuesta más obvia a aquella pregunta hacía que le temblaran los dedos, pero ella se negaba a decirlo en voz alta. No podía decirlo.

Tariq se llevó su mano a los labios y le dio un beso en el dorso, sin dejar de mirarla a los ojos.

–Ya pensaremos en algo –le dijo en un susurro.

Tariq se volvió hacia ella en cuanto entraron en la casa. La tomó en brazos y le dio un beso ardiente. Nunca tenía suficiente cuando se trataba de ella; su sabor, su sexo, su tacto suave y cálido...

Ella se rindió ante él y su feminidad lo envolvió en

llamas de deseo. Le rodeó el cuello con ambos brazos y se pegó a él hasta rozarle en cada rincón de su cuerpo. Él probó su sabor una otra vez, explorando su boca, sintiendo la fuerza de su reacción desinhibida.

Una vez más la tomó en brazos y la llevó al dormitorio. Había tantas cosas que quería decirle... Pero no sabía por dónde empezar. Sólo sabía que se había convertido en alguien imprescindible para él. Estaban unidos por el pasado y esos lazos se hacían más fuertes cada día; tanto así que casi le costaba respirar cuando no la tenía cerca. Al entrar en la habitación la apoyó en el suelo. No podía dejar de mirarla. Un soplo de aire, después otro...

Ella estiró los brazos, buscándole. Le sujetó las mejillas con ambas manos y le hizo besarla con frenesí.

Miel y vino... A eso sabía ella; una embriagadora combinación que se le iba directamente a la cabeza, al corazón, a su henchido miembro.

De repente, la apartó un momento y la hizo darse la vuelta para contemplar su cremosa espalda color marfil, totalmente expuesta por el vestido. Puso la boca sobre la base de su nuca, oyéndola gemir, y entonces trazó la línea de su columna vertebral con las puntas de los dedos.

–Llevo toda la noche preguntándome cómo de suave sería tu piel cuando la tocara –le dijo en un leve susurro, sin dejar de besarla y tocarla–. Sabes mejor que la *crème brûlée,* dulce y voluptuosa al paladar.

Ella soltó una carcajada y el sonido reverberó por el cuerpo de Tariq, desencadenando una reacción incontrolable. La llevó a la cama y la hizo inclinarse hacia delante hasta apoyar los codos sobre el colchón.

Ella dejó escapar una pequeña exclamación de sorpresa, apenas perceptible entre sus jadeos. Volviendo la cabeza, le miró por encima del hombro y entonces entreabrió los labios, invitándole a seguir.

Tariq estaba seguro de que podía sentir los latidos de su corazón de mujer bajo la piel. Sosteniéndole la mirada, le levantó el traje lentamente, deslizándolo por sus tobillos, sus rodillas…

–Tariq, por favor…

Arrodillado entre sus muslos abiertos, apartó el fino tejido del vestido y comenzó a besarla. Primero en el reverso de la rodilla, en la curva del muslo, allí donde comenzaba su generoso trasero… Agarró el diminuto pedacito de tela que cubría su sexo y le quitó las braguitas. Ella temblaba de placer.

Después deslizó las manos sobre sus piernas, palpando su carne firme. Se acercó un poco más y aspiró el aroma almizclado de su excitación. Y entonces, moviéndose adelante, empezó a lamer su sexo ardiente y húmedo.

Mientras lo hacía la oyó gritar su nombre, pero ya estaba demasiado entregado como para poder contestarle. Sólo sabía que tenía que estar dentro de ella, unido a ella, lo bastante dentro como para que ya nada importara. Se puso en pie, se quitó los pantalones con manos desesperadas, la sujetó de las caderas con una mano, y guió su propio miembro palpitante hasta hundirse dentro de ella.

Todo era perfecto. Ella era perfecta.

La besó en el cuello, en el hombro, y entonces empezó a moverse, llevándola al éxtasis con cada embestida. De repente la sintió tensa a su alrededor y entonces la oyó gritar, una y otra vez, estremeciéndose sin parar.

Cuando sus gemidos disminuyeron hasta un leve susurro, Tariq se retiró un instante, la hizo darse la vuelta y la colocó en el borde de la cama. Sus mejillas estaban hinchadas por el rubor y el pelo le caía en torbellino sobre un hombro. Entonces sonrió y, en sus ojos, Tariq vio reflejado al hombre que ella veía en él; el hombre que él quería ser, y que podía ser, cuando ella lo miraba de esa manera.

Tariq se puso sobre ella y volvió a penetrar su sexo, haciéndola gemir y gimiendo con ella. Empezó a moverse rápida y frenéticamente, así que ella entrelazó las piernas alrededor de su cintura y arqueó la espalda hasta rozarse los pechos contra su boca. Él probó su carne, que sabía a sal y a azúcar; su sabor, el sabor de Jessa.

Cuando por fin llegó al borde del abismo, volvió a llevársela con él. Ella se estremeció una vez más a su alrededor y gritó su nombre una y otra vez como si fuera una canción.

Un rato más tarde, recuperada la cordura, él se puso en pie y la ayudó a levantarse. Adormilada y deliciosamente desnuda, ella se acurrucó bajo las mantas y se dedicó a observarle mientras se quitaba la camisa.

Ella le pertenecía. Era suya y de nadie más, lo supiera o no. Había sobrevivido al pasado y todavía era capaz de amarle con todo su ser, en cuerpo y alma. Ella lo había conocido en su peor y en su mejor momento, en el pasado y en el presente, pero lo seguía amando igual.

Sin embargo, había algo más que un sentimiento de pertenencia en aquella emoción; algo más oscuro y profundo que Tariq escondía en un rincón.

No podía dejarla ir. No otra vez. No podía perderla.

Y ya no tenía por qué pensarlo más. No le hacía falta. Sabía que era cierto con toda seguridad.

–Tengo que volver a Nur –le dijo de repente.

Ella se puso tensa de inmediato y bajó la vista.

–Llevo posponiéndolo todas estas semanas.

–Claro –dijo ella en un tono distante. El color había huido de sus mejillas–. Todos tenemos que volver a la realidad tarde o temprano. Lo entiendo.

–Creo que no lo entiendes –dijo él lentamente, apoyándose en la cama, sosteniéndole la mirada mientras se acercaba a ella–. Quiero que vengas conmigo, Jessa. Insisto.

–¿Qué? –exclamó ella. Rápidamente el color volvió a su rostro y la mirada se le iluminó.

Nunca volvería a dejarla ir. Jamás.

–Yo soy el rey –dijo él, estrechándola entre sus brazos una vez más.

Capítulo 14

NO ESTÁS obligado a mantener tu palabra respecto a lo que dijiste anoche –le dijo Jessa al día siguiente, sentándose a la mesa para desayunar, sin atreverse a mirarle a la cara–. Me refiero a lo de ir a Nur contigo.

La mañana era clara y extrañamente cálida para tratarse de París en el otoño. Tariq había pedido que les sirvieran el desayuno en el balcón privado que daba al dormitorio; algo más íntimo que aquél en el que habían cenado la primera noche.

Nerviosa, Jessa se apretó el cinturón del albornoz que llevaba puesto y se tocó el cabello, húmedo después de la ducha. Tenía que demostrarse a sí misma que era capaz de actuar como si no pasara nada. Tenía que demostrar que ya no era aquella chiquilla encaprichada y rota que él había dejado atrás.

–¿No vendrás? –le preguntó, sin levantar la vista de los periódicos que estaba leyendo.

A Jessa se le puso el pelo de punta.

–Claro que no –dijo ella, sintiendo cómo se desataba la rabia en su interior.

Lo menos que él podía hacer era prestarle atención mientras hablaba de un tema tan difícil para ella.

–Tengo que volver a mi propia vida.

Tariq dejó los periódicos a un lado del plato y la miró a la cara por fin.

–Si no quieres acompañarme a mi país, dime que no quieres –le dijo en un tono impasible–. Pero no hagas que parezca que me estás liberando de un compromiso. Si no quisiera que vinieras conmigo, no te habría invitado.

–Yo no… –empezó a decir ella, pero entonces se quedó atascada.

–Nos vamos mañana por la mañana –le dijo, poniéndose en pie y mirándola con las cejas arqueadas–. Tienes que decidir.

–¿Decidir? –repitió ella con el corazón desbocado–. ¿Decidir qué?

–Si me vas a acompañar por voluntad propia… –le dijo él con los ojos brillantes–. O si tendré que llevarte por la fuerza.

–¡No puedes llevarme a ninguna parte! –exclamó ella, casi sin aliento. Sin embargo, su propio cuerpo la delataba. Su sexo ardía de deseo por él, casi como si la hubiera tocado con sus manos provocativas y expertas.

–Si tú lo dices –la agarró de la barbilla y la miró fijamente. En sus ojos había una sonrisa burlona.

En ese momento Jessa se sintió marcada para siempre y sin remedio. Se sentía diminuta, a salvo y en peligro al mismo tiempo.

No.

Era algo más que eso. Se sentía suya, completa e indiscutiblemente suya.

Tariq deslizó un dedo sobre su labio inferior y sonrió, casi como si pudiera sentir la reacción de su cuerpo femenino. Entonces dio media vuelta y se marchó, dejándolo a solas con su corazón palpitante y sus sentimientos encontrados.

Él quería llevarla a Nur.

Una parte de ella se alegraba de ello, de lo que eso significaba. Por lo menos estaba claro que, al igual que ella, no quería que aquel pequeño idilio terminara en París. Sin embargo, las cosas no eran tan sencillas. Jessa recogió las piernas sobre la silla y contempló la ciudad que había llegado a amar durante las últimas semanas, como si eso pudiera darle la respuesta.

No podía ir a Nur. No podía seguir a su lado, ignorando la realidad y jugando a los castillos. Había cientos de razones por las que debía volver a York lo más pronto posible.

Y sólo tenía una única razón para quedarse.

Apoyó la barbilla sobre las rodillas y soltó el aliento de forma entrecortada a medida que la verdad devastadora se cernía sobre ella como un negro de luz, tan brillante como la mañana parisina, dulce, resplandeciente e inconfundible.

«Le amo».

Estaba enamorada de él.

Aquella historia del pasado, complicada y turbulenta, debería haberlo convertido en el último hombre en la Tierra al que pudiera amar. Sin embargo, en vez de eso, se sentía más unida a él por ello, como si nadie más pudiera entender aquello por lo que había pasado, nadie más excepto el hombre que la acompañaba en su sufrimiento.

¿Acaso lo había amado siempre? ¿Acaso era que nunca había dejado de amarlo?

Sí.

Se había enamorado de Tariq desde el primer día,

muchos años atrás. No tenía sentido fingir otra cosa. Y por ese motivo tenía que aprovechar todo el tiempo que pasara a su lado; atesorarlo y aferrarse a los recuerdos en los años de soledad que estaban por venir.

Porque ella sabía que Tariq jamás llegaría a amarla, no después de haber regalado a Jeremy. Además, en lo más profundo de su ser, ella sabía que no tenía derecho a aspirar a alguien como él. La vida le había dado una segunda oportunidad y ella no había sido lo bastante fuerte para resistirse, aunque fuera más que evidente que él volvería a abandonarla otra vez.

Jessa se levantó de la silla, con la mirada fija en la lejanía. Sin embargo, lo único que veía era el rostro de él, duro y orgulloso. Él no tenía que amarla. Ella podía amar por los dos. Quería a Jeremy más que a su propia vida y, a pesar de ello, había renunciado a él.

Ella sabía lo que era amar en silencio, sin esperar nada a cambio, y podía soportarlo.

Por Jeremy. Y también por Tariq.

Su hermana Sharon se lo tomó de una forma completamente distinta.

–¿Te has vuelto loca? –le preguntó desde el otro lado de la línea de teléfono, escandalizada y estupefacta.

Jessa había sacado agallas de una taza de café, pero la bebida estimulante no había hecho sino ponerla más nerviosa todavía. Se había vestido con extremo cuidado, como si Sharon pudiera verla a través del teléfono y así averiguar lo que estaba haciendo. Sin embargo, la sencilla blusa de seda y la falda que había elegido la hacían sentir tan loca como su hermana decía. ¿Acaso estaba fingiendo, jugando a ser alguien completamente distinto? ¿Una mujer más sofisticada a la altura de Tariq? ¿Alguien a quien él pudiera amar?

«Estúpida», se dijo a sí misma, acomodándose el móvil contra el oído.

–No sé cómo contestar a eso –le dijo a su hermana.

–Pensaba que era bastante raro que te hubieras ido de vacaciones sin decir nada –dijo Sharon–. ¿Pero volver a enredarte con ese hombre, Jessa? ¿Cómo has podido?

–Tú no lo conoces –dijo Jessa en un tono calmo.

–¡Lo conozco lo suficiente! –dijo Sharon con desprecio–. ¡Sé que te mintió y que te abandonó! ¡Sé que los hombres como él piensan que pueden entrar y salir de las vidas de otras personas según les plazca, sin pensar en las consecuencias!

–Tariq ya no es la misma persona que era antes –dijo Jessa y entonces suspiró–. Y las cosas no son tan simples como parecían en aquel momento.

–Puedes hacer lo que quieras con tu propia vida, sin importar lo temerarias que sean tus decisiones, pero no se trata sólo de ti, ¿verdad? –Sharon soltó el aliento de golpe–. ¡Egoísta! –dijo en un susurro, pero Jessa la oyó perfectamente. De hecho casi podía verla, recorriendo la cocina de un lado a otro, con un brazo alrededor de la cintura y el ceño fruncido.

Cerró los ojos y se tocó el pecho con la palma de la mano, justo por encima del corazón, como si así pudiera aplacar el dolor que allí crecía.

–Yo nunca trataría de hacerte daño, Sharon –le dijo a su hermana suavemente, pellizcándose el entrecejo con las puntas de los dedos, con la esperanza de disipar el dolor de cabeza que no la dejaba pensar con claridad–. A ninguno de vosotros. Pero eso ya deberías saberlo. Pero voy a marcharme con él –le dijo, armándose de valor–. Tengo que hacerlo.

–¡No me lo puedo creer! –dijo Sharon, furiosa–. ¿Qué tiene ese hombre que te vuelve tan loca, Jessa? La gente no cambia. Te hará daño de nuevo. Eso te lo garantizo.

–Sólo te he llamado para que supieras que iba a viajar –dijo Jessa después de un momento.

Tariq había revolucionado su estática y triste vida. La había llenado de amor, calor y pasión. ¿Cómo iba a arrepentirse de algo así, pasara lo que pasara más adelante?

Pero eso no se lo podía decir a Sharon.

–No te estoy pidiendo permiso, Sharon –añadió, intentando guardar la compostura.

–No me puedo creer que vayas a arriesgar tantas cosas por... ¿Por qué? ¿Acaso esperas que las cosas sean diferentes esta vez? –dijo Sharon con amargura–. ¡Espero que no hayas llegado a lo más bajo todavía!

–Yo también lo espero –murmuró Jessa, sabiendo que no había nada que pudiera decir para hacer sentir mejor a su hermana.

Sharon colgó el teléfono. Jessa dejó caer el suyo sobre su regazo y trató de respirar hondo. Tenía los ojos bien abiertos.

Lo amaba cuando nada era cierto sobre él. Y lo amaba en ese momento.

¿Acaso era por ello una loca, como decía su hermana?

¿Acaso era tan malo volverse loca de vez en cuando?

–¿Con quién estabas hablando? –le preguntó Tariq desde el umbral.

Jessa se sobresaltó. Levantó la vista de golpe y sintió que se quedaba pálida como la muerte. Se sentía desnuda, expuesta.

¿Había dicho algo comprometedor? ¿Había mencionado a Jeremy?

–¿Cuánto tiempo llevas ahí? –le preguntó, tratando de sonar tranquila y ecuánime, sin tener mucho éxito. Tenía el corazón como si acabara de correr los cien metros lisos.

Era demasiado. La rabia de Sharon y la revelación de sus verdaderos sentimientos por Tariq. ¿Cómo iba a enfrentarse a él sin haber tenido tiempo para prepararse?

Pero ya era demasiado tarde. Estaba de pie frente a ella, y ella sabía que su propio rostro la delataba.

Era un libro abierto para él.

«Culpable». Ésa era la mirada que tenía en los ojos. Tariq no tardó demasiado en llegar a la conclusión. «Culpable y pálida».

–¿Qué sucede? –le preguntó, intentando descifrar la expresión de su cara hasta el más mínimo detalle. Mientras la observaba, ella se puso en pie de un salto e intentó esconder el teléfono móvil que tenía en las manos.

–No pasa nada –le dijo con voz temblorosa.

Se acercó a ella.

–¿Con quién estabas hablando por teléfono? –le preguntó. Esa vez la pregunta era una orden.

–Con nadie –dijo ella. Entonces parpadeó y sonrió, pero su sonrisa no era auténtica–. Era mi hermana, Sharon. Eso es todo.

–¿Has discutido con ella? –le preguntó él–. Debes de estar muy unida a ella y a su familia.

Jessa se encogió por dentro y la mirada de culpabilidad volvió a cruzar su rostro. Trató de ocultarlo, pero era inútil.

Él extendió una mano hacia ella, frunciendo el ceño, lleno de preocupación…

Y entonces lo supo.

La fotografía que había visto en su casa relampagueó entre sus pensamientos; la que había tomado de la repisa y que apenas había mirado. La hermana que se parecía a ella, el mismo cabello cobrizo, la misma barbilla… Su marido rubio y con pecas.

Y el niño moreno, de pelo oscuro.

No.

Tariq sintió que su cuerpo se volvía de hielo, como si acabaran de arrojarle a un glaciar.

–Dime –le dijo, en un tono tranquilo y triste–. ¿Cómo se llama el hijo de tu hermana?

El rostro de Jessa se transfiguró. Era como si la estuviera viendo desde muy lejos, contemplando su sufrimiento. Con los puños apretados, era la estampa del dolor.

–Tariq… –le dijo con la voz rota.

Y entonces él supo que no se había equivocado.

–No lo entiendes.

–¡Qué es exactamente lo que no entiendo! –le preguntó con furia, taladrándola con la mirada–. ¿Acaso ibas a decírmelo alguna vez?

–No podía –dijo ella con lágrimas en los ojos–. No es mi secreto.

–Esa excusa podría funcionar, Jessa, pero yo soy

la única persona en el mundo que tiene derecho a saberlo todo sobre el hijo que tú me ocultaste.

–¡No se trata de ti! –exclamó ella, gesticulando con los brazos–. ¡Se trata de él, Tariq! ¡Se trata de lo que él necesita!

–Dejaste que pensara que lo había perdido para siempre. ¡Dejaste que lo pensara! –le dijo con el rostro contraído por la ira.

–¡Esto es exactamente lo que trataba de evitar! –exclamó ella.

–Ya has dicho bastante –la hizo callar con un gesto y entonces se dirigió hacia la puerta.

Al llegar a ella, se detuvo un momento, luchando por mantener la compostura.

–¿No crees que habría notado el parecido en algún momento? –le dijo, dándole la espalda–. ¿Qué historia ibas a contarme entonces?

–¿Y cuándo ibas a verlo? –le preguntó ella después de un momento. Su voz estaba llena de confusión.

Él se volvió y la miró fijamente, con ojos incrédulos.

–¿Es que te da vergüenza que te vean conmigo? –le preguntó en un tono mordaz–. Creo que es demasiado tarde para eso, Jessa. Te han fotografiado a mi lado.

–¡No sé de qué estás hablando! –gritó ella–. Nunca pensé que te fijarías en mí. ¿Por qué ibas a pasar tiempo con mi familia?

–Te dije que te llevaría a mi país –le espetó él con rabia–. ¿Qué crees que significa eso?

–¡Estoy segura de que llevas a docenas de mujeres a tu país! –le dijo ella con desprecio. Las mejillas le ardían y los ojos le echaban chispas.

–Te equivocas –dijo él en un tono gélido–. Jamás

llevaría a una mujer ante los míos si no tuviera intención de quedarme con ella, aunque ése es un tema del que ya no tienes que preocuparte.

Ella se quedó estupefacta, incapaz de articular palabra, mirándolo en silencio.

Tariq sintió que algo vibraba en su interior, pero prefirió ignorarlo.

El dolor de ella ya no le importaba. Ya nunca más le importaría.

Sacudió la cabeza y se volvió hacia la puerta.

–Por favor… –dijo ella, entre sollozos–. ¿Adónde vas?

Él le lanzó una mirada envenenada por encima del hombro.

–A ver a mi hijo –dijo y abandonó la habitación.

Capítulo 15

APARTE de hacerle saber que su presencia era imprescindible para poder ver al niño, Tariq cortó toda relación con ella de forma drástica. No le dirigió la palabra durante todo el viaje en avión, ni tampoco en el coche que los llevó desde Leeds hasta el pequeño pueblo del norte de Yorkshire donde vivía su hermana.

Jessa apenas era capaz de mirar hacia los campos de cultivo que se extendían a ambos lados de la carretera; el verde intenso contra los cielos grises de Inglaterra. Ella sólo podía pensar en lo que se avecinaba; el dolor, el fin de todo aquello que tanto le había costado darle a su hijo. Sabía que ninguno de ellos saldría intacto de aquel encuentro; ni su hermana, ni Barry, ni Tariq, ni ella, ni tampoco Jeremy…

–No sé cuáles son tus planes –le dijo con un hilo de voz al tiempo que entraban en el pueblo.

No era la primera vez que intentaba hablar con él, pero había una desesperación en su voz que no estaba allí antes.

–¡No puedes irrumpir en la casa de mi hermana y exigirle nada!

–Ya veremos –dijo Tariq, con la voz llena de ira y la mirada fija en las calles y casas que pasaban por la ventanilla a toda velocidad. Una de sus manos tamborileaba frenéticamente contra el reposabrazos.

–¡Tariq, esto es una locura! –gritó Jessa–. ¡Mi hermana lo adoptó! Todo es legal, y no se puede deshacer.

–Tú no tienes que decirme lo que se puede deshacer o no –le espetó él, atravesándola con una mirada de hielo–. ¿Tú, que eres capaz de mentir sobre algo así? ¿Capaz de ocultarle un hijo a su padre durante cinco años? ¡No tengo ningún interés en oír tu opinión acerca de lo que debería o no hacer!

–Entiendo que estés furioso –dijo Jessa, tratando de guardar la calma.

Él se rió con ironía.

–Entiendo que te sientas traicionado.

–¡Que me siento traicionado! –repitió, quemándola con la mirada–. No sé qué es lo que tú consideras una traición, Jessa, si es que esto no te lo parece.

–No se trata de ti –dijo Jessa con firmeza, a pesar de sus manos temblorosas–. ¿No lo ves? No tiene nada que ver contigo o conmigo. Se trata de…

–Ya hemos llegado –dijo él, interrumpiéndola.

Estaban frente a la puerta de Sharon.

Tariq no esperó a que el conductor bajara del vehículo, sino que abrió su puerta directamente y se dirigió a la casa.

Jessa echó a correr detrás de él.

Al llegar junto a la verja exterior, él se detuvo un instante.

«Ahora o nunca», pensó ella. Dio un paso adelante y le agarró del brazo.

–Suéltame –dijo él en un tono aparentemente tranquilo, pero peligroso.

–¡Tienes que escucharme! ¡Tienes que hacerlo!

–Ya te he escuchado. ¡Ya te he escuchado demasiado! –le dijo él, con los ojos negros de rabia–. Te he visto llorar y te he oído hablar sobre lo mucho que te arrepientes de lo que tuviste que hacer, de lo que hiciste por mi culpa. ¡No me daba cuenta de que aún seguías castigándome!

–¡No fue por tu culpa! –gritó Jessa al tiempo que una ráfaga de viento frío la atravesaba de lado a lado–. ¡Fue por mi culpa! –suspiró con fuerza y dejó correr todas las lágrimas que había estado conteniendo–. Yo soy la que no estaba a la altura y por eso tuviste que dejarme. ¡Yo soy la que fracasó completamente como madre y por eso tuve que renunciar a mi bebé! ¡Yo!

Por fin logró captar la atención de Tariq. Él la miraba en silencio.

–Pero hay algo que sí hice bien –dijo Jessa, continuando–. Me aseguré de que tuviera una familia que lo quisiera, que ya lo quería cuando estaba conmigo; una familia que podía dárselo todo. Y es feliz con ellos, Tariq, mucho más feliz de lo que yo podría haberlo hecho jamás.

–Un niño es más feliz con sus padres verdaderos –dijo Tariq.

Jessa lo miró a los ojos y entonces le tiró suavemente del brazo, suplicándole que la escuchara por última vez.

–Él está con sus padres verdaderos –susurró con vehemencia.

Tariq emitió un sonido que bien podría haber sido un gemido de furia. Se soltó de ella bruscamente y Jessa retrocedió un paso.

–Es sangre de mi sangre –le dijo entre dientes–. ¡Es mi sangre!

–Su familia está aquí –dijo Jessa porque era cierto, porque tenía que hacerlo–. Su familia está aquí mismo. Y él no ha conocido a otros padres que no sean éstos.

–¿Por qué no me sorprende que tu hermana supiera guardar el secreto tan bien como tú? –exclamó Tariq–. ¡Sois una familia de mentirosos!

–¡Tariq, es un niño pequeño que sólo conoce esta casa y a estos padres! –gritó Jessa, tambaleándose en el viento que la azotaba sin piedad–. No hay ninguna mentira. Ellos son sus padres ante la ley, y también en la realidad. Él los quiere, Tariq. Los quiere mucho.

Tariq apretó los labios, decidido a no darse por vencido.

–Todavía no ha cumplido cinco años de edad. Aprenderá…

–Tú perdiste a tus padres, ¿no es cierto? Yo también –dijo Jessa, interrumpiéndolo, buscando su mirada–. Sabes muy bien lo que se siente cuando te arrancan de todo lo que conoces. ¡Lo sabes muy bien! ¿Cómo ibas a hacerle eso a tu propio hijo?

De repente la puerta de la casa se abrió y entonces el tiempo se detuvo.

–¡Tía Jessa! –dijo la dulce voz de un niño pequeño.

A Jessa se le cayó el alma a los pies.

–¡Tariq, no puedes hacerlo! –le susurró al hombre que tenía a su lado.

Sin embargo, él no parecía haberla oído. Tenía el rostro completamente pálido.

Lentamente se dio la vuelta, y entonces todo terminó, en aquel lugar y en aquel momento.

«Mi hijo».

Tariq se quedó mirando al niño un instante, sin saber qué hacer o decir. Una cosa era sufrir por un niño desconocido, pero verle ante sus ojos era algo muy distinto.

Aún era muy pequeño, pero tenía una mirada traviesa y el pelo alborotado, como si acabara de despertarse.

El pequeño bajó las escaleras y Jessa decidió ir a su encuentro. Mirando por encima del hombro, dio un paso adelante y lo tomó en brazos. Entonces le dijo algo al oído y el chaval se echó a reír.

«El chaval… Jeremy», pensó Tariq. ¿Por qué era incapaz de decir el nombre del niño?

De pronto apareció otra persona en la puerta. Era Sharon, la hermana de Jessa.

Al ver la escena se puso blanca como la leche y su mirada se cruzó con la de Tariq.

–Jessa… –dijo, en un tono calmo, sin dejar de mirar a Tariq–. ¿Qué estás haciendo aquí? Pensaba que estabas de vacaciones.

Jessa dejó al niño en el suelo.

–Estaba –dijo, encogiéndose de hombros, a modo de disculpa, aunque en realidad lo hiciera por pura desesperación–. Pensamos en pasarnos a veros.

Entonces miró a Tariq, con los ojos llenos de lágrimas. Extendió una mano y la puso sobre la cabeza de Jeremy.

«Jeremy. Mi hijo se lama Jeremy», pensó Tariq.

–Estupendo –dijo Sharon con la voz en tensión–. Ya sabes que Jeremy quiere mucho a su tía.

Jessa se detuvo delante de Tariq, todavía acariciando la cabeza del pequeño, suplicándole con la mirada.

Tariq sintió que algo se desgarraba en su interior,

y el dolor era tan intenso que durante un instante no supo si era físico o emocional.

Jeremy se soltó de Jessa. Por primera vez se fijó en el extraño que estaba ante él y entonces echó a andar hacia él, saltando y tambaleándose a capricho.

El corazón de Tariq se detuvo un momento. Estaba lo bastante cerca como para poder tocarle, pero no se atrevía; no era capaz de mover ni un dedo. Sus ojos era del mismo color que los suyos, verde jade, intenso y profundo.

Pero Tariq no reaccionaba. Lo único que podía hacer era devolverle la mirada de asombro que le lanzaba el chico.

Jeremy era tan hijo de él como de Jessa. Su piel, algo más clara, y la forma de sus ojos y cejas, revelaban el parecido con su madre biológica.

–Hola, Jeremy –dijo por fin con la voz cargada de emociones–. Soy…

Se detuvo. La tensión que manaba tanto de Jessa como de su hermana lo envolvía como un frío manto. Al mirar hacia ellas, vio que Sharon se había tapado la boca con la mano. Sus ojos estaban lleno de miedo. Y después estaba Jessa, observándole con el corazón en un puño y lágrimas en las mejillas.

«Por favor», dijo con los labios, sin emitir sonido alguno.

–Soy Tariq –dijo, continuando, viendo el reflejo de sus propios ojos en los del chico.

Jeremy parpadeó varias veces y entonces dejó escapar una risotada. Dio media vuelta y echó a correr hacia la mujer que esperaba junto a la puerta.

Tímido y vergonzoso, escondió el rostro contra la

pierna de su madre y se abrazó a ella de forma espontánea.

–Hola, mami –dijo entonces, echando atrás la cabeza y mirando a su madre con el amor más puro que Tariq había visto jamás.

La hermana de Jessa le sonrió y entonces volvió a mirar a Tariq. Su propio rostro estaba lleno de ese mismo amor, puro y sencillo.

En ese momento Tariq sintió que el corazón se le rompía en mil pedazos.

Tariq estaba parado junto a la verja, de espaldas a la casa, mientras Jessa mantenía una conversación rápida con su hermana. Sin embargo, más que prestarle atención a Sharon, Jessa no dejaba de mirarle de reojo, y no paraba de preguntarse lo que debía de sentir en ese momento. Cuando su hermana entró en la casa y cerró la puerta tras de sí, corrió junto a él.

Él no la miraba. Tenía la vista perdida en los campos que se extendían al otro lado de la calle.

–Gracias –dijo ella, con todo el sentimiento que había intentando ocultar en presencia del niño, y de Sharon.

–No he hecho nada por lo que me tengas que dar las gracias.

–No has arruinado la vida de un niño, a pesar de que podrías haberlo hecho y de que tenías derecho a ello. Te lo agradeceré durante el resto de mi vida.

–No tengo ningún derecho. Tú te has esforzado mucho en dejármelo claro.

–Lo siento –dijo ella. Se acercó a él y le obligó a mirarla a la cara.

Sus ojos parecían tan tristes que la hacían sentir ganas de llorar. Sin pensar en lo que hacía, le agarró la mano.

–Lo siento mucho.

–Y yo –dijo él tranquilamente y entonces bajó la vista para contemplar sus manos unidas–. Más de lo que soy capaz de expresar con palabras.

Jessa sabía lo que eso significaba. Era inevitable, después de todo lo que habían pasado. Respiró hondo y se obligó a sonreír, aunque supiera que estaba renunciando a él de una vez y por todas. Podía hacerlo. Podía dejarle ir tal y como había dejado ir a Jeremy, porque los amaba demasiado a ambos.

–Deberíais volver a Nur, como tenías pensado –le dijo, orgullosa de sí misma por ser capaz de mantener la calma.

Podía dejarle ir. Podía hacerlo.

–Tu país te necesita.

Él pareció mirarla desde un lugar muy lejano y entonces parpadeó, disipando la negrura que teñía sus encantadores ojos verdes.

–¿Y qué pasa contigo? –le preguntó él con una mirada incomprensible en los ojos.

Jessa se encogió de hombros y se metió las manos en los bolsillos para ocultar los puños cerrados que podían delatarla en cualquier momento.

–Volveré a York. Por supuesto.

En ese momento una violenta ráfaga de viento los azotó con toda su fuerza.

Podía hacerlo. Y si se rompía en mil pedazos más tarde, cuando estuviera sola, nadie tendría por qué saberlo.

–¿Entonces ésta es tu venganza? –le preguntó él,

en un tono suave, pero implacable–. Esperas a que me desangre sin remedio y entonces giras el cuchillo. ¿Es esto lo que me merezco por lo que te hice hace cinco años?

–¡No! –exclamó Jessa, sorprendida y alarmada. La cabeza le daba vueltas–. ¡La culpa es de los dos!

–Yo fui el que se marchó.

–No tenías elección. Y yo fui tan estúpida como para desaparecer durante unos días. Yo me fui antes –sacudió la cabeza–. ¿Pero cómo íbamos a arrepentirnos de lo que hicimos? Hicimos a un niño precioso y maravilloso.

–Es feliz aquí –dijo Tariq, como si fuera un hecho innegable, una sentencia.

Sin embargo, Jessa podía ver el dolor en su intensa mirada color verde.

–Sí –susurró–. Te prometo que es muy feliz.

Jessa no sabía qué hacer con el dolor que palpitaba en su interior; la agonía de saberse tan lejos de él. Ya no era la chiquilla desesperada que había renunciado a Jeremy. El tiempo la había hecho más fuerte, y sabía que la forma en que amaba a Tariq no tenía nada que ver con el encaprichamiento de su juventud. El sufrimiento había hecho más fuertes sus sentimientos. Él era el hombre que siempre había imaginado; aquél con el que siempre había soñado.

A lo mejor no era capaz de hacer ese último sacrificio…

«Él no es para ti. ¡No compliques más las cosas!», se dijo, furiosa consigo misma.

–Vamos –le dijo Tariq y señaló el coche con un gesto–. No puedo soportar seguir aquí ni un minuto más.

Antes de subir al vehículo, Jessa se volvió para

contemplar la casa; tan acogedora y cálida en aquel entorno pálido y frío. A partir de ese momento siempre asociaría esa casa con la triste escena que había tenido lugar allí esa mañana. El tiempo pasaría, pero las cicatrices jamás desaparecerían. Agarró a Tariq del brazo y se dejó guiar hasta el coche.

Durante el camino de vuelta, Tariq guardaba silencio y miraba por la ventanilla, con la mirada perdida. Los campos daban paso a los pueblos y éstos se hacían cada vez más grandes conforme se acercaban a su destino, la ciudad de York.

–No sé lo que significa tener una familia –dijo Tariq con un hilo de voz un rato después, volviéndose hacia ella–. Nunca nadie me ha mirado como ese chico miró a tu hermana. Su madre –su mirada era tan intensa que Jessa contuvo la respiración–. Excepto tú. Incluso ahora, después de todo lo que te he hecho.

Sus miradas se encontraron. Él le apartó un mechón de la cara y entonces le sujetó las mejillas con ambas manos. El calor de su tacto corría por las venas de la joven, calentándola desde dentro.

–Ya he perdido a un hijo –le dijo en un susurro apenas audible–. No puedo perderte, Jessa. No puedo perderte también a ti.

Una alegría inefable prendió una tímida llama en el interior de la joven, y entonces esa llama se hizo cada vez más intensa hasta convertirse en una llamarada de auténtica felicidad.

Estaban unidos, en el pasado y en el presente, en lo bueno y en lo malo…

Ella avanzó un paso. Puso las manos sobre las mejillas de él y miró aquellos ojos profundos y llenos de promesas.

–Entonces no me perderás –susurró, como si fuera un juramento.

Por una vez dejaría a un lado el miedo. Por una vez le amaría siempre que él la dejara.

Capítulo 16

LA OYÓ reírse antes de verla.

Tariq avanzó por el amplio pasillo del palacio, pasando por delante de hermosos tapices y piezas arqueológicas de un valor incalculable. El suelo que repiqueteaba bajo sus pies estaba hecho de hermosos azulejos, mosaicos exquisitos que se extendían ante él, pintados con una gran pericia; un derroche de colores vibrantes dignos del palacio de un rey. Al llegar a las amplias puertas arqueadas que daban acceso al patio interior del palacio, se detuvo.

Jessa estaba tan hermosa que le robaba el aliento. Era una visión de canela y cobre bajo un cielo azul, rodeada de blancas paredes y de palmeras que se balanceaban gentilmente al ritmo de la brisa vespertina. Brillaba más que las plantas en flor que colgaban de los balcones de las plantas superiores, y más que el agua cristalina de la fuente central.

Había dejado a un lado la novela que estaba leyendo y se entretenía observando el juego de dos pequeños pájaros que danzaban al borde de la fuente. Llevaba una larga túnica de lino sobre unos pantalones anchos, según las costumbres del pueblo de Nur, y en su cuello brillaba un colgante de jade que había encontrado en uno de los mercados de la ciudad.

Ése era su sitio. Estaba justo donde tenía que estar.

«Mía», pensó Tariq, no por primera vez.

Fue hacia ella, sonriente. Ella pareció sentir su presencia y volvió la cabeza. Su rostro se iluminó al verle.

–Pensaba que no vendrías hasta mañana –le dijo ella, visiblemente contenta y con los ojos brillantes.

–Terminé los negocios antes de lo esperado –dijo él. En realidad, había sido él quien había decidido terminar antes para poder ir junto a ella cuanto antes. Cada vez soportaba menos estar lejos de ella.

De alguna manera ella era la única familia que jamás había conocido. Lo que habían perdido lo hacía sentirse más unido a ella que a ninguna otra persona en el mundo. Y sólo había una forma de tenerla siempre a su lado.

Los pájaros cantaban suavemente, posados en el piso más alto de la fuente.

–¿Llevas casi un mes aquí y sigues fascinada con los pájaros? –le preguntó, mirándola–. A lo mejor deberías salir un poco más.

–A lo mejor –dijo ella, rehuyéndole la mirada, escondiendo sus sentimientos de él.

Tariq ya conocía esa expresión. Cada vez que se avecinaba una conversación acerca del futuro, ella hacía lo mismo.

Pero ya era hora de ponerle fin.

–En realidad –dijo él tranquilamente–. Eso es precisamente lo que quería hablar contigo.

–¿De salir? –preguntó ella, frunciendo el ceño.

–Por así decir –la miró fijamente. Deseaba estrecharla entre sus brazos y convencerla con besos en vez de con palabras–. Quiero que hablemos del futuro. Tú y yo.

Jessa se quedó de piedra. Lo único que se oía era el gorjeo del agua de la fuente a sus espaldas.

–No hay necesidad –dijo ella finalmente, levantando la barbilla, desafiante y valiente hasta el final.

Se puso en pie, agarró el libro y lo sujetó debajo del brazo con movimientos poco atinados y tensos.

–Siempre he sabido que este día llegaría.

–¿Ah, sí? –le preguntó él en un tono sosegado.

–Claro que sí –dijo ella–. Una de las primeras cosas que me dijiste cuando entraste en mi despacho aquel día fue que tenías que casarte. Obviamente, tienes que cumplir con tu obligación para con tu país.

Con la frente bien alta, pasó por delante de él y se dirigió hacia su habitación. Tariq fue tras ella, observando el contoneo de sus caderas mientras caminaba.

La siguió hasta el interior del palacio y después hasta la enorme suite de habitaciones. Una vez allí, se inclinó contra la cama y la observó un momento. Ella miraba a su alrededor una y otra vez, como si buscara algo.

–No te preocupes –dijo de repente, volviéndose hacia él–. No tengo intención de hacer que te sientas incómodo. Solo voy a hacer la maleta y saldré de tu vida en un abrir y cerrar de ojos.

–Estás muy decidida a dejarme –dijo él en un tono ligeramente divertido–. Casi es una pena que yo esté decidido a impedirlo a toda costa.

Ella se detuvo en seco, perpleja y sorprendida.

–¿Qué quieres decir? –le preguntó con un hilo de voz.

–¿Qué crees que quiero decir?

Incapaz de decir nada, ella sólo podía seguir mirándole a la cara.

–¡No tengo intención de convertirme en una más

de tu harén! –le dijo, escandalizada–. ¿Cómo puedes sugerir semejante cosa?

–No tenía pensado formar un harén –le dijo, esbozando una media sonrisa–. Si te portas bien, claro.

–No entiendo –susurró ella.

–Sí que lo entiendes –se acercó a ella y la agarró de los hombros–. Simplemente has decidido que no puede ser, y no sé por qué.

Jessa se sonrojó hasta la médula.

–Debes tener una reina digna de ti. Alguien que esté a tu altura en todos los sentidos posibles.

–Debo tenerte a ti –dijo él sin más, inclinándose para darle un beso.

Ella se aferró a él durante un dulce momento inolvidable y entonces se apartó bruscamente, frunciendo el ceño.

–No –dijo con contundencia.

–¿No?

–No me casaré contigo –le espetó y se soltó de él con violencia.

Se frotó los brazos un instante, cabizbaja.

Tariq hizo todo lo posible por mantener la calma.

–¿Y por qué no? –le preguntó, haciendo alarde de autocontrol, cuando lo que deseaba en realidad era dar rienda suelta a sus sentimientos.

Ella lo miró a los ojos. Tenía los labios apretados y los puños cerrados.

–Te quiero –le dijo y entonces suspiró, como si le doliera decirlo en voz alta–. No puedo casarme con un hombre que no me ama –añadió, levantando la barbilla con orgullo–. Ni siquiera contigo.

Tariq fue hacia ella. La expresión de su rostro era indescifrable.

–¡No! –exclamó ella. No se movió, pero tampoco hizo ningún intento por evitarlo–. ¡No lo hagas más difícil, Tariq! Por favor, no…

Él la hizo callar con un beso arrebatador. Enredando una mano entre sus rizos, la besó hasta hacerla rendirse ante él, hasta que ella misma le rodeó el cuello con ambas manos y le devolvió el beso con frenesí. Llegó un momento en que ninguno de los dos sabía quién gemía o suspiraba. Sólo sabían que ardían por dentro y por fuera, consumiéndose en el delicioso fuego de la pasión.

–Te quiero –le dijo él en un susurro cuando por fin se separó de ella.

La miraba con unos ojos tan serios y profundos que Jessa tuvo que contener la respiración.

Sin embargo, aun así, no era capaz de creérselo. Incluso sacudió la cabeza, como si se empeñara en negarlo.

Tariq sonrió.

–Nunca he amado a ninguna otra mujer –le dijo–. Y nunca lo haré. ¿Cómo has podido dudarlo? He pasado cinco años obsesionado contigo y te he buscado hasta en el fin del mundo.

–York no es el fin del mundo –dijo ella en un tono absurdo.

Él deslizó un dedo sobre su mandíbula, sin dejar de sonreír.

–Eso depende de dónde empieces –le dijo y entonces suspiró–. Jessa, ¿de qué tienes tanto miedo? ¿No te dije lo que pasaría si te traía aquí?

Ella recordaba que se había enfadado mucho, pero también recordaba lo que él le había dicho: que se quedaría con la mujer que llevara al palacio.

No obstante, era incapaz de creer que fuera posible. No podía convencerse de ello.

–Eso fue hace tiempo –susurró.

–Me casaré contigo –dijo él, como si nunca hubiera habido alguna otra posibilidad.

–¡No puedes! –exclamó ella. Un puñado de emociones duras la sacudía de pies a cabeza, dejándola temblorosa e insegura–. ¡No te merezco! No después... –tenía los ojos llenos de lágrimas, pero aún podía verle a través de una nube borrosa–. Yo lo regalé, Tariq. Renuncié a él.

–Y lo echaremos de menos –respondió Tariq después de un momento, con la voz cargada de sentimiento–. Juntos.

Jessa soltó el aliento de golpe y entonces sintió que algo se derretía en su interior, algo que había estado congelado durante mucho tiempo. La luz y la esperanza por fin asomaban a través de la puerta entreabierta.

Él apretó los labios contra su frente.

–Y tendremos otro hijo, Jessa. No para reemplazar a Jeremy. Nunca para reemplazarle. Será un nuevo comienzo. Eso te lo prometo.

En ese momento las lágrimas brotaron de los ojos de Jessa. Le tocó la cara y recordó la de su hijo perdido. Se parecían tanto.

Jeremy sería un recuerdo maravilloso y amargo que los acompañaría siempre, durante el resto de sus vidas, día tras día. Pero, por primera vez, ella sabía que juntos serían capaces de enfrentarse a la tristeza. Así la carga del pasado se haría más llevadera. Y algún día, sólo si él lo deseaba, le dirían a Jeremy la verdadera historia y así sabría cuánto lo amaba su familia.

–Sí –dijo ella con un susurro. Tenía el corazón demasiado lleno de emoción como para poder sonreír–. Seremos una familia.

–Lo seremos –dijo él.

Y entonces algo poderoso y verdadero creció a su alrededor y pareció llenar toda la habitación.

–Todavía no he dicho que «sí» a lo del matrimonio –dijo ella, sonriendo. Una embriagadora mezcla de alegría y gozo la invadía por doquier, cambiando el rumbo de su existencia.

¿Podían hacerse realidad los sueños, después de todo lo que habían pasado? ¿Era posible?

Mientras le observaba, se atrevió a creer que era posible, por primera vez en toda su vida.

Seguía abrazada a Tariq y su sexo se insinuaba contra el muslo de él. De repente él se movió ligeramente y la hizo gemir de placer. Un dulce cosquilleo caluroso la recorrió por dentro.

–Te sugiero que te acostumbres a la idea –dijo Tariq con una sonrisa en la voz, en los ojos–. Éste es mi país. Y no necesito de tu consentimiento –volvió a besarla, capturando su labio inferior con los dientes antes de soltarla–. Aunque me gustaría tenerlo.

–Sí –dijo ella, sintiéndose tan incandescente como el sol del desierto. Sólo con Tariq, sólo para él–. Sí. Me casaré contigo.

–Serás feliz, Jessa –le prometió él con solemnidad y entonces la levantó del suelo.

Ella enroscó las piernas alrededor de su cintura y se agarró con fuerza a sus hombros. Él la consumía con sus ojos de jade.

Había comprado el colgante de esa piedra para poder recordarle cuando estuviera lejos. Él era el hombre al que tanto había amado durante tanto tiempo, él era su amante playboy, su rey, su esposo…

–Serás feliz –repitió él, frunciendo el ceño, retándola a llevarle la contraria.

–¿Es un decreto real? –preguntó ella entre risas.

Él le dio varias vueltas en el aire y entonces la tumbó en la cama, cayendo sobre ella.

–Yo soy el rey –le dijo, apoyando los codos a ambos lados de ella y acercándose a sus labios–. Mi palabra es ley.

–Y yo soy la reina –dijo ella, temblando un poco con sólo pensar en ello.

Él sería suyo para siempre. Podría abrazarle cuando quisiera y amarle con devoción.

Los ojos de Jessa se llenaron de lágrimas. Con las puntas de los dedos trazó la línea de sus labios y después recorrió las duras planicies de su pectoral; duro, indestructible… suyo.

–Entones mi palabra también es ley, ¿no? –le preguntó.

–Si así lo deseas.

Jessa sonrió y levantó la cabeza para besarle, con dulzura y con más seguridad de la que jamás había sentido.

–Entonces seremos felices –dijo y, por primera vez, se lo creyó de verdad, con todo el corazón y el alma–. Porque lo digo yo.